Céline Tanguy

88888

Les enfants perdus

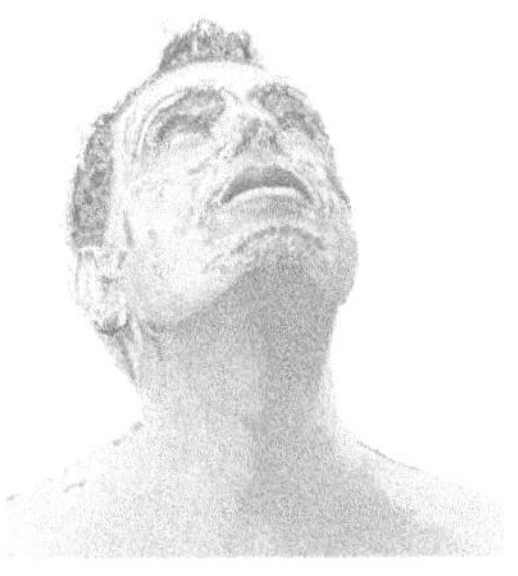

Découvrez les autres ouvrages de notre catalogue !

http ://www.editions-humanis.com

Luc Deborde
BP 30513
5, rue Rougeyron
Faubourg Blanchot
98 800 - Nouméa
Nouvelle-Calédonie

Mail : luc@editions-humanis.com

ISBN : 979-10-219-0064-6

Juin 2013.

Illustration de couverture : Luc Deborde.

Sommaire

Prologue

La voiture avait brutalement quitté la route. Elle avait traversé la voie de circulation opposée et achevé sa course dans le fossé. Le choc avait été violent. Toute la partie avant du véhicule était enfoncée, le métal froissé comme une simple feuille de papier. Du capot défoncé, une fumée bleutée jaillissait dans un chuintement aigu. Il n'y avait aucune trace de freinage. Le conducteur ne semblait pas avoir eu le temps de tenter quoi que ce soit pour éviter l'impact. Sans doute n'avait-il même pas eu peur.

La portière du chauffeur s'était ouverte au moment de l'impact et celui-ci avait été éjecté. Inconscient, il gisait comme un pantin désarticulé au bord du talus, quelques mètres plus loin, les jambes en travers de la chaussée. Un mince filet de sang lui parcourait la face visible de sa joue droite, le reste de son visage était enfoui dans l'herbe. Son bras gauche retourné dans le dos avait un angle anormal. Une tache sombre et à l'aspect poisseux s'étendait peu à peu sur sa chemise bleu ciel, à la naissance de son épaule gauche.

L'homme gémissait faiblement. Il tenta vainement de se retourner à plusieurs reprises, la respiration lourde et hoquetante. Après un temps de récupération qui lui parut infiniment long, il fit un ultime effort et parvint à rouler sur le côté droit. Sa respiration s'améliora et la sensation d'étouffement disparu. Il était seul, la route était déserte et désagréablement silencieuse. Il n'avait pas la force d'appeler à l'aide. Il se souvint que son téléphone portable était quelque part dans la voiture, bien trop loin. Même avec beaucoup de volonté, il savait qu'il ne parviendrait pas à le récupérer. Il ignorait où il se trouvait. Il lui sembla qu'il rêvait, flottant dans une sorte brume nauséeuse où la terre se confondait avec le ciel et son propre corps.

(Je suis dans une drôle de merde…)

Il revint lentement à la surface des eaux boueuses de sa détresse. Des souvenirs remontèrent. Il avait eu un accident. Un accident de voiture. Il avait froid. Il avait l'impression d'être nu malgré ses vêtements collés à sa peau. Il avait peur et il était terriblement seul. Combien de temps s'était écoulé ? Il n'en avait pas la moindre idée. Il ne se souvenait pas de ce qui avait bien pu se passer, ni de ce qu'il faisait avant. Il n'était pas sûr de se rappeler qui il était. Le temps semblait dissout dans la souffrance. Il ne pouvait pas dire où il avait mal précisément, il était la douleur elle-même. Il avait terriblement soif, sa gorge était sèche et il peinait à déglutir. Il aurait donné n'importe quoi pour avoir de l'eau ou être ailleurs, n'importe où, mais ailleurs…

(Il fallait rester sur le parking.)

Au-dessus de lui, loin, très loin, il perçut le ronronnement hypnotique d'un avion. Il se sentit glisser dans une sorte de brume cotonneuse, dans laquelle se déroulaient des scènes absurdes. Rêvait-il ? Il était dans un supermarché, essayant de se saisir d'une boite de céréales. Mais son geste s'interrompait à quelques millimètres du paquet et il recommençait, encore et encore. Cela lui donnait la nausée. Tout disparut finalement et il ne sentit plus que le contact humide et frais de l'herbe contre son corps. Le chat vint se frotter contre son visage. Comme juste avant la lumière. Mais quelle lumière ? Quel chat ?

(Ça va se finir. Pas grave.)

Il grelottait, assoiffé, le corps humide de sueur froide et de sang mêlés. Un soleil implacable brillait dans un ciel d'acier. Il ne réchauffait pas son corps grelottant, mais lui mordait cruellement le visage et accentuait sa soif intense. Le chat était toujours là, ondoyant contre sa joue, chaud, irréel, étrangement familier. Sa médaille accrochée à son collier tintait comme une clochette. Il ronronnait, insistait pour qu'on le caresse, indifférent à sa détresse.

Il aurait voulu dormir. Voilà, c'était cela la solution. Il fallait juste dormir. Et peut-être que le chat le laisserait tranquille. Peut-être que tout disparaîtrait, que tout cela n'était qu'un rêve…

Il marmonna quelques mots indistincts à l'adresse de l'animal et tenta à nouveau de bouger. La position dans laquelle il se trouvait était à présent insoutenable. Son bras, retourné dans son dos, n'était qu'une branche morte inutile, à la douloureuse et froide ankylose.

Et le chat, le chat, toujours le chat.

Une douleur aiguë lui traversa la poitrine. Ce fut comme un coup de poignard qui le cloua au sol. Il y répondit par un gémissement. La solitude lui pesa encore davantage, à mesure qu'une peur indéfinissable se répandait en lui. À nouveau, il se sentit encore glisser dans le rêve…

(Simple mauvais moment à passer.)

Le chat disparu dans un lent tourbillon, son corps se confondit à nouveau avec les éléments et il replongea dans ses souvenirs. Il n'entendit pas le véhicule arriver. Pas plus qu'il ne l'entendit ralentir ni s'arrêter à quelques mètres du sien. Mais loin, très loin, dans l'ultime bastion de sa conscience, il comprit avec une curieuse indifférence qu'il allait mourir.

(Tout ira bien maintenant.)

— Il est là.

L'homme avait dit cela avec un soulagement évident. Il se pencha sur le volant et soupira profondément, puis il se tourna vers son compagnon de route.

— Allez, il faut y aller, on n'a pas beaucoup de temps. Je fatigue.

L'autre acquiesça de la tête et ils descendirent de la voiture. Ils s'approchèrent à pas pressés de la silhouette allongée sur le sol. Le conducteur, un homme âgé, se pencha sur le blessé. Il sortit un mouchoir de sa poche et lui prit doucement le poignet.

— Il va mourir, constata-t-il simplement.

Le plus jeune, resté légèrement en retrait, s'avança. Puis il s'accroupit et souleva la chemise de l'homme, au niveau de l'endroit où la tache sombre avait pris naissance. Il fit une grimace significative puis dit en se relevant :

— Il aurait besoin de soins.

— Ce n'est pas notre rôle.

— Mais il est encore en vie, insista-t-il.

— Il ne survivra pas, c'est son histoire.

— On ne peut pas le laisser comme ça. Même une bête…

Il lui coupa la parole.

— Fais ce que tu as à faire et dépêche-toi.

— Jamais il n'a été question de tuer quelqu'un, répliqua-t-il.

— Ce n'est pas nous qui l'avons tué. C'est un accident. Il a franchi une brèche. Personne ne pourra le trouver ici, aucun de ses semblables. Il va mourir, au mieux dans quelques heures, dans la souffrance et la peur. La seule chose que tu puisses faire, c'est lui épargner l'attente.

— Nous devons lui porter secours.

— Nous ne pouvons pas. Il n'y a rien d'autre à comprendre.

— On pourrait… on pourrait le ramener, juste le ramener hors de la Zone.

— Non. On mettrait en danger le peu qu'il nous reste. Tu veux vraiment ça ?

Ses traits se durcirent.

— Tu crois que nous pouvons nous permettre ce genre de choses ? poursuivit-il. Il a pu entrer dans la Zone. Je ne sais pas comment il a fait, mais il l'a fait. Allez, il faut en finir. Je suis fatigué.

Il recula et passa la main sur ses yeux. Il vacilla légèrement.

— Il faut se dépêcher.

Le jeune homme baissa la tête puis finalement acquiesça. Ils se séparèrent. L'homme âgé se dirigea vers la voiture accidentée. Il récupéra un appareil photo et quelques papiers éparpillés un peu partout dans l'habitacle. Après avoir vérifié avec minutie qu'il n'en avait oublié aucun, il s'en retourna vers son véhicule.

Le jeune homme s'approcha un peu plus du blessé qui ouvrit les yeux. Son regard était vide d'expression. Il ne distingua pas la petite pochette noire que l'homme penché sur lui sortit de sa poche de poitrine. Pas plus qu'il ne le vit en soulever le rabat et en extirper quelque chose qui ressemblait à une petite seringue sans aiguille remplie d'un liquide transparent. Il ne sentit pas non plus lorsqu'il appliqua l'embout contre son épaule, à travers son vêtement.

— Ne vous inquiétez pas, lui murmura-t-il, vous ne sentirez rien. C'est juste un passage.

(Aucune importance.)

Il eut un léger mouvement de recul pour se soustraire au contact de la seringue, ultime réflexe de survie. Il se crispa brièvement lorsque le liquide traversa brutalement sa peau. Enfin, il se relâcha et les traits de son visage se détendirent à mesure que son regard se figea.

Il eut encore quelques hoquets d'agonie. Puis il ne bougea plus. Le jeune homme vérifia l'absence de pouls et se releva. Il marcha calmement vers la voiture. Son compagnon l'attendait déjà au volant de celle-ci. Ils n'échangèrent aucun mot, ni regard. Ils quittèrent le lieu de l'accident sans la moindre précipitation. Sur la banquette arrière du véhicule, le chat faisait consciencieusement sa toilette, lissant avec soin son poil souillé par le sang du blessé.

Chapitre 1

10 mai 2007

« Affaire exceptionnelle » avait dit le négociateur.

Mêmes mots. Même sourire. Même enthousiasme artificiel dans la voix. Antoine avait simplement souri. Comme tous ceux qui s'étaient déjà succédé dans cette tâche, l'agent immobilier avait répété cela comme une incantation, destinée aux clients d'importance. Antoine monta dans la voiture et jeta un regard à l'homme qui lui tenait la portière. Il était jeune cette fois, guère plus de vingt-cinq ans sans doute, blond, grand et osseux. Ses cheveux très courts accentuaient, s'il le fallait, son allure dégingandée dans son costume neuf. Il semblait mal à l'aise, ses grands yeux pâles cherchant à tout prix à éviter les siens.

Quelque part, il lui ressemblait, dans cette déchirure palpable, entre le personnage de façade et ce qu'il était au fond de lui-même. Mais ce n'était qu'un parallèle lointain. Antoine ne ressemblait à personne, il le savait. Dans ce monde, il n'était sans doute qu'un accident. À la rigueur un élément précurseur. Mais cela n'avait aucune importance : au final, il était seul.

Il n'attendait rien de cette nouvelle après-midi de visites. Tout juste une médiocre promenade guidée des environs. Peut-être un minimum d'occupation, malgré tout. Cela ferait de toute façon l'affaire, puisqu'il n'avait aucune alternative. Il se passerait quand même quelque chose aujourd'hui.

La journée avait commencé comme les autres. Cela faisait si longtemps qu'il ne se rappelait pas que cela ait pu être différent avant. Avant quoi ? Cette question irrésolue avait cessé de l'occuper depuis un certain temps. Comme d'habitude, il avait ouvert un œil à 7 heures. Il avait patienté un petit moment avant de se lever. Juste laisser le temps filer. Du moins essayer. Une autre habitude. L'illusion que oui, cela pouvait encore lui arriver, à lui aussi : les choses pouvaient lui échapper et couler entre ses doigts comme du sable. Mais comme toujours, il était précisément 7 h 15 lorsqu'il avait posé le pied par terre. Il n'en avait éprouvé aucune déception particulière, ni frustration, ces mots-là n'étaient que des fantasmes de dictionnaire. Puis il avait pris sa douche. Comme tous les jours, il avait ouvert les yeux sous l'eau, avait regardé les gouttes glisser le long de son corps et former de minuscules ruisseaux, avant de disparaître à travers la grille d'évacuation. Dans leur continuité, les choses étaient ainsi figées. Tout était toujours pareil. Immuable. Peu importait l'endroit où il se trouvait, et ce qu'il faisait.

Une fois séché et habillé, il était descendu prendre son petit déjeuner dans la salle de restaurant, se forçant à dire quelques banalités, au personnel de l'hôtel à la sympathie de circonstance. C'était un exercice qu'il considérait comme nécessaire. Il lui fallait communiquer avec des gens. Cela ne lui apportait rien au fond, mais il considérait que c'était là un ancrage ultime à la réalité ; enfin, celle des *Autres*, ceux qui vivaient autour de lui. Antoine aurait pu s'épargner de parler. Le dialogue, l'échange, ne lui manquaient pas. Ils n'étaient que des concepts abstraits, dont il ne maîtrisait ni la teneur, ni la substance. Et le langage, le son de sa voix, ne lui semblaient que des artifices étranges. Mais il craignait d'oublier le peu qu'il savait. Puis un jour, ne plus parler du tout. Et dans ce monde, si étranger, cela pourrait s'avérer un problème. Or, il savait, au plus profond de lui, qu'il lui fallait éviter les problèmes avec les *Autres*.

Restauré pour la matinée, il était ensuite remonté dans sa chambre, avait un peu contemplé le paysage depuis sa terrasse. Puis il s'était installé dans un grand transat, le bas du corps enroulé dans une couverture. Il avait attendu là : juste laisser les minutes puis les heures s'écouler comme l'eau de la douche. Il aurait pu sortir. Marcher. S'imprégner des odeurs. Mais il ne savait pas (ou plus) apprécier les instants simples. Ses sens primaires étaient annihilés. Parce qu'il cherchait. Un autre, quelqu'un comme lui. C'était plus fort que lui, comme une sorte de réflexe, presque un instinct. Pourtant, il savait depuis longtemps que la quête était vaine. Ce n'était pas l'expression d'un désespoir. Simplement une profonde résignation. Et une immense fatigue.

Il aurait pu lire un des livres qu'il avait emporté. Mais là encore, il était toujours à la recherche d'une trace, d'un indice de sa propre existence et du sens qu'elle pouvait avoir. Il avait longtemps espéré. S'il avait pu trouver quelques analogies dans certains ouvrages, rien dans le fond ne le concernait vraiment. Il l'aurait immédiatement ressenti et cela n'avait jamais été le cas. Il ne pouvait pourtant pas dire qu'il ne s'intéressait à rien, au contraire, il était d'une nature profondément curieuse. Mais à chaque fois, sans exception aucune, tout le ramenait à cette quête dérisoire et envahissante. Sa soif de curiosité s'en était trouvée peu à peu définitivement inhibée.

Pourquoi se trouvait-il là, dans cet hôtel de luxe au bord de la mer, il ne le savait pas vraiment. Sans doute cela n'avait-il pas réellement d'importance. Ce qui en avait, en revanche, c'est qu'il avait rompu l'ennuyeux continuum des jours, deux semaines plus tôt. Son départ avait été brutal. Il avait abandonné sa vie urbaine en quelques heures. C'était un lundi. Il s'était réveillé brusquement, assis dans son lit, en sueur et tremblant. Un cauchemar probablement. Mais pas le moindre souvenir. Juste une idée en tête, devenue une obsession au fil de la matinée. Partir. Pas d'autre explication, juste une nécessité. Son cœur avait battu plus vite, comme sans doute lorsque les *Autres* ont peur ou désirent. Mais lui n'avait eu ni peur, ni désir. Parce qu'il n'avait aucune idée de ce que ces mots signifiaient au-delà de la définition du dictionnaire. Mais il s'était enfin passé quelque chose. Alors, il était parti. Sans réfléchir. Et il était arrivé là, par le hasard de son doigt se posant sur une carte routière dépliée sur sa table de salon.

Il avait commencé à comprendre ce que pouvait être l'envie. C'était devenu une nouvelle quête, mystique peut-être. Comme un point d'interrogation, posé au milieu de son existence. Et il y aurait enfin quelque chose - quelqu'un ? - dans son quotidien qui n'avait été jusque-là qu'un néant total, une espèce de trou noir improbable. Mais malheureusement, l'excitation de la nouveauté passée, depuis une quinzaine de jours qu'il occupait cette chambre, plus rien n'était arrivé. Ou plutôt, tout ce qui se passait dans sa vie maintenant n'était qu'une réplique parfaite de sa vie d'avant, transposée à un autre paysage. Rien n'avait changé. Aucune réponse à ses questions. Et celles-ci tendaient elles-mêmes à disparaître, étiolées par l'usure du temps.

Sa seule découverte - peut-être était-ce le message - était que, où qu'il aille, il serait toujours le même, enfermé dans son étrange désir d'un autre qui n'existait pas, au milieu de millions d'*Autres* qui ne lui ressemblaient pas. Ce n'était pas sa vie qui était ennuyante, parce que prévisible, c'était lui. Lui pour qui il semblait n'y avoir ni passé - il n'avait pas vraiment de souvenirs - ni futur - en quoi cela pourrait-il être différent de ce qu'il avait vécu jusque-là ?

Et puis il y avait les heures… Lorsqu'il avait regardé sa montre, après son séjour quotidien sur le transat de la terrasse de sa chambre, il était midi. Les deux aiguilles s'étaient rejointes sur le chiffre 12 au moment précis où il avait posé les yeux dessus. Elles semblaient le narguer. Quoi qu'il fasse, il était toujours l'heure, invariablement la même : l'heure de se lever, l'heure de s'habiller, l'heure de manger… Jamais il n'avait eu le souvenir d'avoir été en retard, ne serait-ce qu'une seule fois dans sa vie. Jamais il n'avait ressenti l'excitation qui pousse les autres à se dépêcher, celle qui mord au creux de l'estomac, qui fait trembler les mains et mouille les chemises. Rien. Il avait longtemps essayé de déjouer l'heure des horloges, pour se créer un espace-temps qui serait le sien, uniquement le sien, dépourvu de repères fixes. Mais cela n'avait pas marché. Il avait essayé de laisser filer les minutes, il n'était jamais parvenu au moindre retard. Il était toujours prêt à temps. Pas un peu avant, non, même cela lui semblait interdit. Quand il regardait sa montre, il était l'heure.

Il était donc redescendu dans la salle de restaurant pour déjeuner. Seul à sa table, il avait alors cédé à son occupation favorite - mais aussi la seule dont il disposait - observer la vie des autres, avec toujours l'espoir sous-jacent de s'apercevoir qu'il n'était plus seul, que quelque chose le rapprochait des inconnus qui gravitaient autour de lui. A la table juste à côté de la sienne, un couple se disputait. La femme reprochait quelque chose à son partenaire avec aigreur. Ce dernier avait d'abord tenté la conciliation, cherchant l'apaisement, reconnaissant des torts, qu'au fond de lui il ne considérait pas comme tels. Sans succès : les traits du visage de la femme s'étaient durcis davantage. Puis il avait tenté l'indifférence. Échec à nouveau. La femme l'avait harcelé de petites phrases assassines, un sourire acerbe au coin des lèvres. Antoine ne se lassait pas du spectacle. Le plus captivant, c'est qu'aucun des deux ne voulait laisser l'opportunité à l'entourage immédiat de saisir la teneur de leur conversation. Mais pour Antoine, le dialogue avait lieu directement dans sa tête, au milieu du brouhaha indistinct des conversations des autres clients attablés autour de lui.

« Je sais que tu as amené cette petite pute ici l'an dernier »

« C'était juste une aventure. »

« Ne compte pas sur moi pour te le pardonner. Ta tentative de réconciliation est lamentable. »

L'homme et la femme s'efforçaient de garder un ton très bas, tout juste audible pour eux-mêmes, ce qui les obligeait à une gestuelle criante pour compenser leurs envies manifestes de hurler. Quelque part, c'était assez drôle. Ce qu'ils ne disaient pas avec des mots - mais si bien en pensées - semblait les déborder. Alors, leurs corps prenaient les rênes. La différence était là. Eux ne parvenaient à communiquer qu'avec des mots, dans le fracas du son de leur voix, nuancée par leurs émotions. Lorsqu'ils ne pouvaient ou ne voulaient parler, ils étaient contraints à un pathétique jeu de mime. Lui n'avait pas besoin de cela. Sauf qu'il n'avait personne avec qui échanger ainsi. Il ne pouvait qu'écouter le flot des émotions des autres, déversé dans ce qu'ils croyaient être le vide.

Exaspéré, l'homme s'était levé, entraînant involontairement un coin de la nappe. Cela bouscula une assiette contenant des couverts, ce qui produisit un tintement métallique bruyant. La plupart des regards se concentrèrent brutalement sur eux. Son seuil de tolérance à présent atteint, il se dirigea vers la sortie.

« Cette bonne femme est impossible »

À présent seule à table, la femme avait pris un air faussement dégagé et se tamponnait les lèvres avec sa serviette dans un geste précieux. Puis elle avait fait mine de reprendre la dégustation de son dessert avant de se lever à son tour et de quitter la salle, la carte magnétique permettant d'ouvrir la porte de sa chambre bien en vue dans la main. Au moment où elle était passée devant lui, Antoine avait pu lire le numéro 343 et constater avec intérêt que le couple occupait la chambre voisine de la sienne. Il aurait peut-être ainsi l'occasion d'avoir une autre distraction.

« Demain, je prends un avocat.»

14 H 00. Son déjeuner était achevé. Il s'était présenté à la réception pour attendre l'agent immobilier. Dans son costume neuf, au volant de la grosse cylindrée de l'agence « réservée-aux-visites-pour-les-clients-d'importance », le jeune négociateur dégageait quelque chose d'improbable. Il n'avait décidément pas le physique de l'emploi. Il manquait cruellement de crédibilité, le geste hésitant, les mains un peu tremblantes. Ses pensées s'entrechoquaient en une succession de mots sans lien les uns avec les autres.

Antoine comprit cependant qu'il avait été désigné en l'absence de personnel plus qualifié disponible. Sur son visage restait imprimé le vent de panique qui avait soufflé (et qui soufflait sans doute encore) au bureau de l'agence quand il avait fallu se décider à lui confier cette visite, ultime et unique recours.

— Excusez-moi, je ne me suis pas présenté, dit-il en lui tendant une main moite, Gwen Lafargue, je remplace monsieur Garrec, qui est souffrant et qui aurait dû vous accompagner aujourd'hui.

— Ah !

Paradoxalement, il ne sembla nullement dépité par la réponse laconique d'Antoine. Il se lança aussitôt dans un interminable monologue, s'extasiant sur la beauté du site, le temps qu'il avait fait, qu'il faisait et qu'il ferait, la couleur de la mer au fil des saisons, la qualité des prestations immobilières et une foule d'autres choses parfaitement inintéressantes. Antoine fit mine de l'écouter, sans vraiment s'attacher à comprendre le sens de ses paroles. Très vite, les mots se mirent à défiler dans sa tête, en une lecture ininterrompue et hypnotique. À plusieurs reprises, il dut faire un effort de concentration pour ne pas tomber dans la somnolence, la tête lourde, les yeux dans le vague. Il s'attacha donc à observer attentivement le paysage qui défilait.

La route ne lui était pas inconnue, il avait déjà sillonné le quartier avec un autre négociateur. Cela n'augurait rien de bon : toutes les maisons lui paraissaient identiques. Ou tout au moins, il n'en avait repéré jusque-là aucune qui se soit détachée des autres. La voiture ralentit puis s'arrêta devant un épais muret en pierres, doublé d'une haie vive. De là, il ne pouvait pas voir la bâtisse, légèrement en devers. Un peu loin dans la rue, il reconnut la propriété visitée quelques jours avant. Pourtant, il dut admettre que l'environnement lui apparaissait différent, sans qu'il ne trouvât aucune explication évidente. C'est lorsqu'il fut sorti du véhicule qu'il vit enfin la maison. Une construction récente, entièrement en pierre, basse et massive, avec un sous-sol. Le jardin avait été paysagé avec soin - et entretenu récemment - et ils accédèrent à la porte d'entrée par une petite allée pavée.

La propriété était très grande. L'entrée donnait sur un vaste séjour-salon, bordé de larges portes-fenêtres, accédant à une terrasse en bois qui surplombait la mer. De là, toute la baie s'exposait au regard. La cuisine, baignée de lumière, était ouverte sur le séjour. Elle était délimitée par un bar assez grand pour accueillir une demi-douzaine de convives. Une chambre occupait le reste du rez-de-chaussée. Sans réfléchir,

Antoine se dit qu'il y dormirait. Une salle de bain, d'un luxe discret, y était attenante.

Exposée au nord, disposant uniquement d'une minuscule fenêtre, couverte de bois exotique sur le sol et les murs, avec sa baignoire jacuzzi et sa douche sauna, elle lui procura une impression d'intimité, cocon maternel à la douceur obscure. On pouvait cependant y faire rentrer davantage de lumière en ouvrant les deux portes coulissantes qui la séparaient de la chambre. La grande terrasse de la salle de séjour se poursuivait jusque devant la chambre.

Lafargue s'était lancé dans une litanie ininterrompue des qualités de la propriété. Il apprit ainsi que le terrain avait une superficie de 1800 m^2, ce qui ne lui évoqua rien de particulier. Il ne parvint d'ailleurs pas à réprimer un bâillement d'indifférence auquel Lafargue répondit par un regard outré.

La décoration intérieure était moderne, mais chaleureuse ; chaque pièce avait été meublée avec un goût certain. Un escalier à l'italienne menait à l'étage : cinq chambres et leur salle de bain respective se partageaient l'espace. Deux d'entre elles possédaient leur terrasse avec vue sur la mer. De là-haut, Antoine eut l'impression de se trouver sur un bateau. Il se prit à fermer les yeux, humant l'air tiède et iodé. Il en oublia la présence de Lafargue.

Lorsqu'ils redescendirent dans le séjour, il avait déjà la sensation d'avoir toujours vécu là. Il sentit poindre une certaine exaspération lorsque Gwen Lafargue, après avoir observé un court instant de silence uniquement destiné à lui permettre de reprendre son souffle, recommença son discours. Cette brève plage de calme lui permit de se rendre compte que, depuis une demi-heure qu'avait commencé la visite, il n'avait encore rien dit ni manifesté le moindre signe d'intérêt. Il s'était laissé porter par le flot de paroles de Lafargue et l'atmosphère de l'endroit.

— Monsieur Lafargue, vous ne m'avez pas dit où mène cet escalier ? dit-il en désignant le départ d'une rambarde à l'entrée du salon.

— J'allais y venir ! rétorqua le jeune homme avec un regain d'enthousiasme. (*Il n'est donc pas muet !*). Il y a aussi trois autres chambres au rez-de-chaussée avec terrasse donnant sur le jardin, un bureau tout équipé pour l'informatique, une salle de jeu, le garage avec sa cave climatisée et …

Lafargue avait laissé mourir sa phrase.

« Comment est-ce que je peux parler de ce truc… »

Antoine sentit son regard s'allumer. Quel « truc » ? Qu'est-ce qu'il y avait donc dans cette maison de si improbable pour perturber un tel champion du bagout ? Il attendit, puis, dévoré par l'impatience, rompit le silence.

— Vous disiez ? Vous n'avez pas fini votre phrase.

— Le sous-sol comporte une sorte d'abri antiatomique, lâcha-t-il d'une seule traite.

— Un quoi ?

— En fait, il s'agit d'un petit appartement…

Définitivement désarçonné, Gwen Lafargue marqua un temps d'arrêt pour chercher un papier dans la chemise qu'il tenait contre lui et en fit maladroitement la lecture, sur un ton monocorde.

… conçu pour résister à toute sorte de catastrophes et, ce indéfiniment. L'approvisionnement en air, en électricité, en eau potable est assuré par un système complètement autonome pendant une durée illimitée. Une quantité de nourriture spécialement conditionnée est aussi prévue pour plusieurs décennies...

« Mais pourquoi est-ce qu'ils n'ont pas fait une piscine à la place ? ! Non, mais franchement... »

Lafargue était mal à l'aise, comme s'il venait de faire une bévue énorme de nature à compromettre radicalement son hypothétique chance de vente. Antoine sentit aussitôt monter une violente curiosité. Ce sentiment lui était d'autant plus plaisant qu'il lui sembla qu'il l'expérimentait pour la première fois. Un frisson piquant lui parcourut l'échine. Il savoura l'instant.

— Vous pouvez me montrer ?

— Venez.

Ils descendirent au sous-sol. L'entrée de l'abri avait été camouflée, et sans doute pas uniquement par esthétisme, derrière une porte d'apparence banale. Une fois ouverte, celle-ci amenait sur une autre porte en acier plein, aussi épaisse qu'un coffre fort de banque.

— Le propriétaire assurera la formation technique de base. Il vous laissera aussi un manuel. C'est aussi lui qui fera les formalités de reconnaissance faciale pour que l'ordinateur central vous reconnaisse. Le système est centralisé et vous sert également d'alarme anti intrusion et incendie pour la maison.

L'endroit se composait de plusieurs espaces distincts : de ce qu'il put brièvement en apercevoir par les portes entrouvertes, il semblait y avoir une chambre, une salle de bain, une petite cuisine et une pièce pouvant s'assimiler à un bureau, équipée d'un ordinateur portable posé sur une table. Les murs étaient occupés par des rangées de tiroirs. Un écran était intégré dans la cloison jouxtant la porte. Poussée par un élan de curiosité, Antoine en toucha la surface. Celle-ci s'illumina et une voix synthétique à consonance féminine, résonna dans l'ensemble de l'abri :

« Le système n'est pas activé. Aucune protection n'est disponible. Si vous êtes en difficulté, veuillez utiliser le mode manuel ou composer le 912 ».

— Je crois qu'il vaudrait mieux ne toucher à rien pour l'instant, dit brutalement Lafargue, une vague inquiétude dans la voix. Le système est très complexe. Si vous le voulez bien, nous allons à présent passer au jardin pour clore la visite.

— Ce ne sera pas la peine. Je me fiche du jardin. Je l'achète.

Antoine avait prononcé ces mots sans plus d'émotion que s'il venait de se décider pour une paire de chaussures. Lafargue sembla tellement abasourdi qu'il resta muet quelques secondes, bouche grande ouverte, l'air ridicule. Puis il sortit lentement son téléphone de la poche intérieure de son veston dans une succession de gestes saccadés. Il bredouilla quelques mots inintelligibles puis dit simplement en s'éloignant, d'une voix blanche :

— Je vais en informer ma direction.

Chapitre 2

15 octobre 1951

Juliette s'engagea dans le passage étroit. Elle fit bravement quelques pas dans la pénombre puis marqua un temps d'arrêt et se retourna, regardant en direction de là où elle venait. Elle pouvait encore changer d'avis. C'était très simple. Elle pouvait regagner la lumière. Elle pouvait rentrer aussi discrètement qu'elle était sortie, cacher le contenu de son sac dans la trappe d'aération derrière son lit puis se glisser dans les draps et dormir. Personne n'en saurait rien. Jamais. Et tout continuerait d'aller bien pour elle jusqu'à ce qu'elle quitte cet endroit.

Elle regarda brièvement autour d'elle. Elle était seule, l'endroit était désert. Elle sortit un morceau de papier de sa poche, le déplia soigneusement, les mains légèrement tremblantes. Puis, elle lu, avec une certaine difficulté, les quelques mots qu'elle y avait griffonnés.

« Bâtiment 4 – porte 7"

Courage ! Tu dois y aller.

Elle irait. Il fallait qu'elle y aille. Il avait besoin d'elle. Elle était la seule personne sur laquelle il pouvait compter, la seule qui pouvait le comprendre, la seule qui lui ressemblait. Il ne s'attendait pas à la voir. Il ne la connaissait pas d'ailleurs et elle non plus. Sans doute ne savait-il rien ou si peu. Probablement. À moins qu'il ne sache déjà tout. Dans ce cas, elle n'aurait rien à expliquer, du moins, le peu dont elle avait connaissance. Mais pour l'heure, elle était la seule à pouvoir lui apporter de l'aide. Elle tira sur la sangle de toile grossière qui lui ankylosait l'épaule, remontant la charge qu'elle portait de quelques centimètres. Cela la soulagea un peu. Le sac était lourd. Elle avait mis à l'intérieur tout ce qu'elle avait pu réunir d'utile : une vieille couverture en feutre épais, deux paires de chaussettes à coup sûr trop grandes pour lui, un pull en laine, un gros morceau de pain récupéré dans les cuisines et, trésor ultime, une tablette de chocolat qu'elle était parvenue à voler dans le bureau de l'intendant. Avec cela, il reprendrait des forces et il tiendrait jusqu'à ce que l'on vienne les chercher. Cette pensée la galvanisa. Oui, ils partiraient bientôt. On savait qu'ils étaient là. On viendrait. Et cela changerait tout.

Tu es très courageuse !

Elle accéléra le pas, marchant presque à l'aveugle. Elle avait peur. Elle avait toujours eu peur des endroits obscurs et étroits. Elle craignait plus que tout ce qu'elle ne pouvait voir. Rien n'était pire que ces angoisses invisibles, cachées dans la noirceur des ruelles malodorantes. Elle aurait voulu faire demi-tour et courir vers la trouée de lumière qu'elle venait de quitter, là-bas, si loin déjà. Mais il était épuisé et malade, affamé. Elle percevait dans sa propre chair ses tremblements de fièvre et de froid mêlés, la raideur de ses muscles endoloris par les courbatures. Elle sentait aussi son désespoir, sa solitude. Son sentiment d'abandon était tel qu'il avait cessé de lutter. Pour qu'enfin, tout s'arrête. Mais elle ne supportait pas l'idée de le perdre. Alors, elle n'avait pas le choix, elle devait vaincre sa peur. Elle n'avait pas besoin de le connaître pour éprouver toute la nécessité de se surpasser pour lui.

Continue, tu y es presque !

Juliette avait 15 ans. Elle était plus grande que les filles de son âge. Elle était fine, aérienne dans ses attitudes. Elle avait de longs cheveux bouclés d'un noir de jais, qui lui arrivaient jusqu'au milieu du dos. Son teint mat et ses yeux couleur de sienne témoignaient de probables origines latines. Depuis qu'elle avait été placée dans cet orphelinat, il y avait de cela presque six ans, elle s'était toujours sentie très isolée, bien plus que lorsqu'elle avait été trouvée errante dans les rues parisiennes, à la Libération. Elle n'avait d'ailleurs aucun souvenir de ce qui avait bien pu lui arriver et de son éventuelle famille. Mais elle ne ressentait aucune tristesse à cette pensée. Parce que la notion de famille telle que les personnes la concevaient habituellement était sans objet pour elle. Depuis toujours, ancrée en elle comme une certitude absolue, Juliette savait qu'elle était différente.

NOUS SOMMES FIERS DE TOI.

Cela avait crié dans sa tête. Si fort qu'elle en avait été interrompue dans sa marche, une fraction de seconde. Cela criait toujours dans sa tête quand elle réussissait quelque chose, quand elle allait jusqu'au bout d'elle-même, quand elle avait besoin d'aide ou de réconfort. Le reste du temps, c'était des chuchotements doux, comme une caresse sur la joue. Mais *ils* étaient toujours avec elle, dès lors qu'elle en manifestait le besoin ou l'envie. *Ils* n'avaient pas de nom. *Ils* étaient en elle comme elle était en eux. Avaient-ils un visage ? Elle n'en savait rien. Mais *ils* étaient sa famille. Pour elle, *ils* étaient un immense arbre au tronc massif duquel partaient des milliers de branches. Elle se trouvait sur l'une d'elles. Ce qu'elle ressentait d'eux, leurs paroles rassurantes et encourageantes, ne lui paraissaient pas venir d'un ou plusieurs membres. C'était leurs voix à l'unisson qui s'exprimaient là, comme une entité unique.

Elle pouvait communiquer avec tous ceux de l'arbre, sans avoir besoin de prononcer la moindre parole, elle pouvait lire et disposer de tout ce qui se trouvait dans ce qu'elle appelait la Conscience collective, deux mots qui s'étaient inscrits dans sa tête aussi lisiblement que ceux qu'elle écrivait dans son cahier d'écolière. Elle savait également qu'il fallait qu'elle soit aussi discrète et banale que possible. Parce que *les Autres*, ceux qui ne faisaient pas partie de l'arbre, ne comprenaient pas, ne pouvaient pas comprendre. Et ce que *les Autres* ne comprenaient pas, ils l'étouffaient, le bafouaient, le méprisaient. *Les Autres* étaient tous ceux autour d'elle. Ceux qui avaient décidé qu'elle s'appelait Juliette alors que cela ne signifiait rien de plus pour elle que s'il s'était agi du prénom de sa voisine. Ceux qui lui disaient quoi faire et quand, quoi penser et de qui. Ceux qui la maintenaient de force dans cet endroit, à l'écart des membres de son arbre-famille. Son isolement avait duré longtemps. Presque six ans. Mais elle n'avait pas réellement souffert. Sa solitude était uniquement physique.

Et puis il était arrivé. Elle avait su immédiatement qu'il était là, tout près d'elle, dans le bâtiment des garçons. Enfin quelqu'un. Quelqu'un dans un corps, comme elle. La curiosité était forte. Lui ressemblait-il ? Pendant quelques semaines, elle avait espéré qu'il la trouverait, guidé par la Conscience collective, qu'il viendrait la voir et lui parlerait de tout ce qu'elle ressentait, mais il ne s'était rien passé. Elle le sentait pourtant, davantage encore chaque jour, comme une brûlure étrange et fantôme. Mais lui ne semblait pas la voir. En tout cas, il paraissait ne rien recevoir d'elle lorsqu'elle se reliait à cette conscience immatérielle. Peut-être ne savait-il pas ? Peut-être était-il trop jeune ? Peut-être ignorait-il volontairement ses appels ?

Elle décida de guetter les récréations pour tenter de l'apercevoir. Mais à chaque fois, il ne se trouvait pas parmi les autres garçons. Elle le percevait cependant plus profondément, comme une étoile de plus en plus brillante dans un ciel noir. Se pouvait-il qu'il soit enfermé ? Mais où ? Et surtout, pourquoi ? Elle avait pensé demander directement au surveillant d'internat des garçons, Fernand Boulaire. Elle aurait pu. Depuis qu'elle avait été affectée à la lingerie en guise de compensation des années où elle avait été prise en charge gratuitement, elle avait su gagner la confiance des personnels de l'institution. Fernand Boulaire n'était pas d'un abord facile, mais il ne s'était jamais montré désagréable à son encontre et il lui parlait avec un certain respect, alors même qu'il était redouté par les garçons dont il avait la charge. Toutefois, elle avait rapidement écarté l'idée. Elle n'avait aucun motif valable pouvant expliquer qu'elle avait connaissance de l'existence de cet enfant. Du reste, elle ne savait rien d'autre que son prénom, celui que *les Autres* ne connaissaient pas, qui n'était donc certainement pas celui sous lequel il était connu ici. Et il ne fallait pas attirer l'attention sur lui et encore moins sur elle. Alors, elle s'était immergée dans la Conscience collective, voyage lointain à l'intérieur d'elle-même. Les mots étaient venus. Ils avaient résonné dans sa tête et s'étaient gravés dans sa chair : « Retrouver Ganymède. En danger. » C'est à ce moment-là qu'elle avait pris conscience qu'il était malade. Et qu'elle seule pouvait lui venir en aide. Ce soir, elle était donc là, bravant ses peurs obscures et les interdits.

Elle arriva enfin au bout de la ruelle. Une lueur blafarde provenant d'un lampadaire fixé en haut d'un mur éclairait la cour déserte sur laquelle elle déboucha. Elle traversa en courant et se cacha derrière la haie qui longeait le bâtiment. À tâtons, elle avança péniblement, gênée par les branches des arbustes qui lui griffaient le visage. Puis elle se baissa et ses mains rencontrèrent une surface lisse. Elle identifia les contours du vasistas qu'elle avait pris soin de laisser entrouvert le matin lorsqu'elle avait apporté les draps à la lingerie. Elle poussa la vitre jusqu'à ce que l'ouverture soit suffisante, y enfonça d'abord le sac qu'elle portait et qui tomba dans un bruit étouffé sur le sol. Puis elle se glissa à son tour dans l'embrasure et sauta. Le sous-sol était désert à cette heure de la nuit. Elle reprit son souffle, rassembla ses esprits. Elle se sentait en sécurité ici. Les lieux lui étaient familiers et malgré l'obscurité quasi complète, elle n'eut aucun mal à se repérer et à trouver la sortie parmi les lave-linges. Elle monta prudemment le petit escalier bétonné dépourvu de garde-fous qui conduisait au rez-de-chaussée et ouvrit la porte lentement, prenant soin d'éviter tout grincement intempestif. Elle déboucha dans un long couloir ponctué de portes fermées. Son cœur battit plus fort, son souffle devint court. A sa gauche, juste avant la sortie, il y avait la chambre du surveillant. Avec effroi, elle aperçut un rai de lumière sous sa porte. Cela n'était pas prévu. Elle avait pourtant tablé sur une heure suffisamment tardive pour être sûre qu'il dorme. Puis il y eut quelques pas lourds provenant de la chambre, qui lui parurent exploser dans sa tête.

Mon Dieu, pourvu qu'il ne sorte pas, je vous en prie !

Elle se tassa dans l'embrasure de la porte. Elle n'avait aucun moyen de se sauver sans être vue. Elle n'avait plus le temps de rouvrir la porte pour se cacher dans la lingerie. À moins qu'il ne se rende dans la cour, ce qui était tout à fait improbable, il la trouverait automatiquement en passant devant sa cachette dérisoire. Elle entendit encore un bruit étouffé qu'elle n'identifia pas, puis la lumière s'éteignit, plongeant le couloir dans l'obscurité totale. Elle resta immobile de longues secondes, encore sonnée par la peur. Puis, rasant le mur, elle chercha le numéro 7. Son cœur battait à tout rompre. Elle tremblait. Elle posa sa main sur la clenche, appuya et poussa doucement la porte, retenant son souffle pour qu'elle ne grince pas. La pièce lui parut immense et semblait déserte. Ses yeux presque aveugles balayèrent les lits inoccupés. Puis elle distingua une forme immobile à l'angle opposé, cachée par un drap.

Elle s'approcha doucement et chuchota.

— Ganymède ! Hé, Ganymède !

La forme se déploya. Surpris, l'enfant couché dans le lit se retourna vivement et se redressa, remontant à genoux sur son oreiller, les mains en guise d'ultime protection de son visage.

— N'aie pas peur ! Je ne te veux pas de mal.

L'enfant se recroquevilla davantage. Juliette s'approcha doucement.

— Je t'ai apporté de quoi tenir. Je sais que tu es malade.

Le garçon détendit instantanément ses jambes et les glissa sous la couverture fine. Elle ne le voyait pas bien, tout juste distinguait-elle les traits d'un petit visage creux, à la pâleur accentuée par la lueur grise de l'éclairage extérieur qui perçait à travers les rideaux tirés. Juliette sortit le pain du sac, en brisa un morceau et lui tendit.

— Tiens, c'est pour toi. Je t'ai apporté du chocolat aussi. Cela va te faire du bien.

Il tendit ses deux mains tremblantes dans un geste avide et Juliette remarqua aussitôt les os saillants de ses poignets. Il était très maigre, respirait bruyamment, le corps parcouru de frissons. Avec difficulté, il saisit le pain et le porta maladroitement à sa bouche.

— Tu sais qui je suis ?

Le garçon secoua la tête. Son regard vide d'expression croisa brièvement celui de Juliette. Elle s'assit tout près de lui sur le bord du lit. Instinctivement, il se recroquevilla sur lui-même, fuyant son contact.

— Je m'appelle Juliette. Tu comprends qui je suis ?

Il fit à nouveau « non » de la tête. À part son nom, il semblait donc ne rien savoir ou tout au moins, ne rien comprendre.

— C'est bien ton nom Ganymède ?

— Oui, répondit-il dans un souffle rauque.

Elle le voyait mieux à présent et elle distingua clairement la sueur qui brillait sur son front. Elle avança une main pour le toucher, mais il recula vivement.

— N'aie pas peur. Je veux juste voir si tu as de la fièvre. Je ne te ferai pas de mal.

Elle posa ses doigts fins sur sa peau brûlante et grimaça.

— Je crois que tu as beaucoup de fièvre. Tu as vu un docteur ?

— Non. Je… Il me donne des cachets…

— Le surveillant ? Boulaire ?

— Oui… C'est… c'est ça.

L'enfant grelottait à présent. Juliette sortit la couverture de son sac.

— Tiens, mets ça sur toi, ça va t'aider à te réchauffer.

Elle la déplia et l'enveloppa du mieux qu'elle put dedans. Elle ne s'était pas attendue à ce qu'il soit aussi malade. Elle se sentait désemparée.

Prends-le et emmène-le loin d'ici.

Mais pour aller où ? Elle le regarda à nouveau. Il était si faible, il ne pourrait pas marcher, il n'était même pas certain qu'il puisse tenir debout… Il avait besoin de soins.

Fais-nous confiance, prends-le et emmène-le hors de ces murs.

Mais que ferait-elle ensuite, une fois qu'elle serait dans la rue ? Pourrait-elle le porter longtemps ?

Sors-le d'ici. Sa vie est en danger.

— Je vais t'emmener. On va partir.

L'enfant se contenta d'acquiescer de la tête. Sans doute était-il trop faible pour contester. Juliette sortit le pull du sac, lui tendit puis, devant l'absence de réaction, entreprit de lui enfiler. Il n'avait plus la force de s'habiller seul. Elle tira ensuite la couverture du lit, découvrant deux jambes maigres et couvertes de bleus et lui mit les deux paires de chaussettes l'une sur l'autre, les remontant le plus haut possible sur les genoux.

— Où est ton pantalon ?

Il la regarda brièvement d'un air pitoyable.

— Tu n'en as pas, c'est ça ?

Il fit oui de la tête.

Je n'en ai pas parce qu'ils me l'ont pris. Ils me laissent mourir.

Juliette resta un instant stupéfaite. L'enfant pouvait lui parler. Il pouvait lui parler comme le faisait la conscience de l'arbre. Elle n'avait jamais imaginé cette éventualité.

Moi aussi, je peux te parler. M'entends-tu ?

Il la regarda et un pâle sourire se dessina sur ses lèvres fines en guise de confirmation.

— Je vais te porter.

Elle l'aida à s'assoir sur le bord du lit. Il ne devait pas avoir plus de neuf ou dix ans. Il était si faible qu'il gardait la tête basse, le dos voûté. Il respirait avec difficulté et à chaque expiration, un sifflement aigu et saccadé se faisait entendre. Elle l'enroula dans une couverture. Avec l'autre, elle confectionna une sorte de hamac. Ainsi, elle pourrait le porter sur son dos, en nouant les deux extrémités en travers de sa poitrine. Elle l'installa du mieux qu'elle put.

— Aide-moi à remettre mon manteau, dit-elle.

Ainsi, il serait entièrement couvert et maintenu contre elle. Elle se redressa. Il ne lui parut guère plus lourd que le sac dont elle s'était chargée à l'aller. Cela la rassura. Elle pourrait marcher assez longtemps.

C'est bien ma grande ! En route à présent.

— Tu as entendu, lui dit-elle, *ils* nous parlent.

— Non, je n'entends rien, souffla-t-il avec difficulté.

— Ce n'est pas grave. Cela viendra. Cela viendra quand tu iras mieux.

Une fois hors du dortoir, elle se faufila dans le couloir, retrouva la porte par laquelle elle était venue puis descendit dans la lingerie.

— Il va falloir que tu passes le premier par le vasistas, on ne pourra pas passer à deux par l'ouverture, lui dit-elle calmement.

Elle le posa sur le bord de la machine à laver, le libérant de son hamac de fortune.

— Je vais t'aider.

Elle monta à son tour, se mit debout et le prit sous les aisselles pour le relever. Il était lourd, sans force.

— Où est-ce qu'on va ? lui demanda-t-il soudainement.

Juliette hésita un instant, se préparant à inventer quelque chose et puis son langage non verbal la devança, sans qu'elle puisse y opposer la moindre objection.

Je ne sais pas. Ils nous guident. Ils savent. Nous n'avons rien à craindre.

Elle attendit sa réaction, craignant qu'il ne se laisse retomber au sol, découragé. Mais au contraire, il leva ses deux bras à la maigreur encore accentuée par le pull trop grand qu'il portait et attrapa le rebord de la fenêtre. Dans un effort ultime, il se hissa dans l'embrasure. Juliette eut à peine besoin de le pousser et elle comprit qu'il avait jeté là ses dernières forces. Elle le rejoignit rapidement. Il se tenait contre le mur. Sa respiration était devenue suffocante et si bruyante que Juliette craignit qu'on ne les entende. Elle allait lui demander de s'accrocher à son dos lorsqu'il s'écroula contre ses jambes, petit pantin désarticulé.

— Ganymède ! Relève-toi, je vais te porter.

Il ne répondit pas. Elle ne l'entendait plus respirer. Elle s'accroupit, le prit dans ses bras et tourna son visage vers elle. À la lueur blafarde du mauvais éclairage de la cour, il lui sembla encore plus pâle et plus maigre, ses yeux clos cerclés de noir, les lèvres serrées.

— Ganymède ! Regarde-moi ! Je t'en prie !

AIDEZ-MOI !

Prends-le dans tes bras et cours devant toi.

Juliette se redressa vivement. Elle ne comprenait pas. Devant elle, il n'y avait rien d'autre que la cour qu'elle avait traversée en venant et l'affreuse ruelle qui ne débouchait sur rien d'autre que le porche du petit bâtiment abritant les personnels de service dont elle faisait partie.

Prends-le et cours devant toi. Fais-nous confiance.

Tremblante, elle souleva Ganymède et le prit dans ses bras. Il ne bougeait pas. Il ne bougeait plus. Était-il déjà mort ? Elle traversa la cour le plus vite qu'elle pu. Dans cette position, il était lourd pour elle et elle le sentit qui glissait peu à peu. Elle s'efforça de garder ses avant-bras fléchis et plaqués contre son corps, malgré l'effort et la douleur.

Viens, je suis là.

Elle s'engagea dans la ruelle. Où, là ? Il lui sembla qu'il n'y avait plus aucune lumière à présent, l'obscurité était totale et elle trottinait à l'aveugle. Épuisée, elle allait s'arrêter pour marquer une pause lorsqu'elle heurta quelque chose. Non, pas quelque chose. Quelqu'un.

— Tu vois, je te l'avais dit. Je suis là, dit une voix masculine rassurante.

Elle ne le voyait pas bien, mais il lui parut grand. Il tendit ses mains vers elle et se saisit doucement de Ganymède, toujours inconscient.

— Donne-le-moi, c'est bien lourd pour toi.

— Par… Par où êtes-vous passé ? demanda-t-elle, suffoquée par l'effort et la stupéfaction.

— Mais, par l'entrée, comme tout le monde.

— Non, ce n'est pas possible. À cette heure-ci, la grille est fermée et il y a le veilleur.

— Crois-tu ? dit-il sur un ton étrangement jovial, qui trahissait un large sourire.

— Mais… vous avez fait comment ?

— Comme tu sais très bien le faire. Enfin, comme tu es tout à fait capable de le faire. Viens, il faut partir. Il est très malade.

— C'est… enfin…

Elle ne parvint pas à terminer sa phrase. Les larmes lui venaient et elle ne put réprimer un sanglot.

Il ne respire plus. Il ne respirait déjà plus quand je vous l'ai donné.

Ne t'en fais pas. Tant qu'il est dans mes bras, il ne peut pas mourir. Je respire pour lui. C'est le lien.

Ils traversèrent la ruelle. Juliette passa une main sur son visage et renifla bruyamment. Elle se sentait en sécurité près de l'homme qui portait Ganymède. Il poussa la porte d'entrée de l'aile réservée au personnel comme s'il était chez lui. Sans précaution pour ne pas être entendu, il traversa le couloir et ouvrit une autre porte qui débouchait sur une longue allée bordée de marronniers. Il avait accéléré le pas et Juliette peinait à rester à son niveau, trottinant à quelques mètres derrière lui. Il s'arrêta et se tourna vers elle.

— Excuse-moi, je marche trop vite pour toi… Ganymède a besoin d'aide. Je ne pourrai pas le maintenir longtemps comme ça, je ne suis pas assez… fort, dirons-nous. Grimpe dans mon dos, je peux te porter.

— Ça ira, monsieur.

Ils arrivèrent devant la grille. A la grande stupéfaction de Juliette, elle était entrouverte. Mais la loge du veilleur était allumée et de là où elle se trouvait, elle pouvait l'apercevoir en train de lire son journal.

— On ne va pas pouvoir sortir, il va nous voir.

— Le gardien ? Oh non, ne t'en fais pas.

— Mais nous allons passer juste devant lui…

— Non, pas vraiment.

— Ah !

L'homme avait donc un plan. Un passage secret sans doute, connu de lui seul. Quelque chose de tangible. Extraordinaire certes, un peu comme dans les livres d'aventures qu'elle avait pu lire, mais réel. Alors pourquoi la grille était-elle ouverte ? À mesure qu'ils avançaient vers le poste du veilleur, elle commença à douter. Ils étaient à présent parfaitement visibles. Pourtant, il ne semblait toujours pas les avoir remarqués. Ils se trouvaient maintenant juste en face de sa fenêtre. Juliette n'osa toutefois pas regarder dans sa direction.

— Pourquoi il ne nous voit pas ?

— Parce qu'il n'est pas là et nous ne sommes pas là.

— Comment ça ?

— L'espace-temps n'est pas le même pour lui et pour nous.

Elle tourna la tête vers le veilleur. Celui-ci regardait dans sa direction. Mais il ne semblait pas la voir, comme s'il fixait quelque chose derrière elle. Ou à travers elle. Comme si elle était transparente pour lui. Ils franchirent la grille. Une voiture était stationnée sur le trottoir en face et quelqu'un au volant semblait attendre. L'homme fit signe à Juliette de monter à côté du conducteur et il s'installa sur la banquette arrière, Ganymède allongé dans ses bras.

— C'est bon, je les ai récupérés, dit-il en ouvrant la portière, mais le petit est mal en point.

— C'est ce que je vois. On fonce alors.

— Oui, on fonce.

Juliette regarda les bâtiments s'éloigner à mesure que le véhicule prenait de la vitesse. Elle ne reviendrait plus jamais ici. C'était une certitude. Elle était avec ceux de l'arbre. Elle avait retrouvé sa famille. Elle était sauvée à présent. Ils étaient sauvés. Très vite, ses paupières lui semblèrent lourdes et elle sentit ses pensées dériver. Mais elle ne lutta pas et se livra sans réticence à cet étrange et soudain besoin de dormir.

« Te revoilà chez toi ma chérie.» Fut la dernière chose qu'elle entendit, comme un écho lointain dans sa tête, avant de basculer dans un sommeil sans rêves.

Chapitre 3

Antoine entendit vaguement la conversation téléphonique de Gwen Lafargue sans la comprendre. Il était submergé par ses émotions, qui résonnaient partout dans sa tête. Il avait la sensation qu'il lui hurlait dans les oreilles. Cela faisait mal. Cela cognait. Il aurait voulu s'éloigner davantage, mais il en fut incapable et resta immobile, le regard dissout dans la mer. Le supplice lui sembla durer une éternité. Rapidement, les mots perdirent leur sens. Il ne savait plus s'ils les entendaient dans sa tête ou s'ils faisaient partie de la conversation téléphonique. Puis cela devint vraiment insupportable. Mais il ne bougea toujours pas, le corps figé. Il attendit.

Et puis enfin…

Enfin, Gwen Lafargue raccrocha. Le calme s'installa. Dehors. Dedans. Il ne percevait plus que la présence muette de Lafargue dans son dos. Puis quelques pensées à peine chuchotées. Lafargue s'avança finalement jusqu'à apparaître dans son champ de vision et dit doucement :

— Monsieur, avant de vous ramener à votre hôtel, il faudrait que nous passions par l'agence pour signer quelques papiers.

— Allez-y sans moi, dit-il sans même lui adresser un regard. Et je voudrais emménager tout de suite. Je ne veux pas retourner à l'hôtel.

Lafargue parut un instant décontenancé et fit encore un pas en avant. Il sembla vouloir dire quelque chose, mais finalement se ravisa. Il finit par murmurer :

— Je dois d'abord en référer à mon patron, si cela ne vous ennuie pas.

Pour toute réponse, Antoine esquissa un geste de la main.

— Faites comme vous voulez, du moment que je reste ici.

Cela lui avait paru naturel. Il s'était adressé à Gwen Lafargue dans sa tête. De la même manière que les pensées des autres se répercutaient dans la sienne. Sauf qu'il ne se souvenait pas l'avoir jamais fait auparavant. C'était venu, sans contrôle, aussi spontanément que s'il avait ouvert la bouche. Mais Lafargue resta muet et il sentit la fixité de son regard interrogateur dans sa direction. Lui ne pouvait pas l'entendre. Il restait donc dans l'expectative d'une réponse verbale.

— Euh oui, bien sûr, allez-y, dit-il un peu gêné.

Il avait envie de rester seul dans la maison. Ce désir était né dès la première minute de la visite, mais il l'intellectualisait maintenant. Il avait besoin de solitude pour s'imprégner de l'atmosphère qui régnait ici, sans babillage parasite. Il ressentait la nécessité de rentrer en communion avec les lieux, comme une reconnaissance, un retour aux sources. N'était-il jamais venu ici ? Non, c'était impossible. Il n'avait aucun souvenir précis. Juste des sensations vagues d'identité entre lui et quelque chose qu'il ne savait pas nommer.

Puis ses pensées convergèrent vers « l'abri ». Une foule de questions dévalèrent dans sa tête. Sans réponses. La personne qui avait conçu un tel endroit ne semblait pas avoir laissé la moindre trace émotionnelle de ses motivations, qu'il percevait si bien habituellement. Ou alors n'y avait-il pas accès. L'occultation était telle qu'elle ne pouvait qu'être volontaire.

Des pas légers le tirèrent de sa réflexion. Lafargue revenait. Il semblait s'être calmé. Rien ne vint envahir Antoine.

— Vous pouvez rester ici le temps que j'aille chercher les papiers de la promesse de vente. La direction essaie de joindre le propriétaire actuel pour voir s'il serait possible que vous preniez possession des lieux immédiatement. J'attends également de savoir quand le notaire peut nous recevoir, je suppose que vous souhaitez que cela se fasse rapidement également, dit-il avec un aplomb étonnant.

— Oui. C'est parfait. Merci.

— Je vous laisse. Je pense revenir d'ici une heure.

— Très bien.

— À tout à l'heure alors.

— À tout à l'heure.

Gwen Lafargue avait commencé à s'éloigner.

Je lui dis ou je ne lui dis pas ?

Il s'arrêta et après un temps d'hésitation, revint vers Antoine.

— Monsieur, si vous vous rendez dans l'abri, ne refermez pas la porte derrière vous. On risquerait d'avoir des difficultés à la rouvrir sans l'aide du propriétaire.

— C'est noté.

Pourvu qu'il ne touche à rien...

Sinon...

Sinon quoi ? Antoine aurait aimé pouvoir lui demander. Mais il renonça. Cela ne servirait à rien, sauf à provoquer le trouble. Lafargue ne pouvait l'entendre. Et puisqu'il ne pouvait l'entendre, il ne pouvait pas imaginer un seul instant que l'homme qu'il avait en face de lui puisse écouter ses pensées les plus intimes. Mais il finirait sans doute par se trahir. Lui ou un autre. Ce n'était qu'une question de patience. Il finirait donc par savoir. Il avait toujours réussi à savoir. Personne ne pouvait s'empêcher de penser. Alors, il saurait.

Antoine attendit que la voiture de Lafargue soit définitivement partie pour commencer sa propre visite des lieux, guettant l'instant où le bruit du moteur s'effaça complètement. Son cœur battait à tout rompre. Ses mains tremblaient d'excitation. Une avalanche de sensations nouvelles.

Il renonça pourtant à se rendre dans l'abri. Quelque chose l'y contraignit. Au-delà de lui.

Pas maintenant. Ne te fais pas remarquer.

Mais une partie de lui-même voulait retourner au sous-sol. Plusieurs fois, il alla jusqu'à l'escalier, posa son pied sur la première marche, avant de se raviser, au prix d'un effort qui lui parut inhumain. L'autre partie de lui-même restait étonnement sereine, dans une sorte de plénitude rêveuse. Elle finit par l'emporter, balayant son impatience mordante. Ses pas le conduisirent comme un somnambule dans la chambre du rez-de-chaussée. Il entrouvrit l'une des portes coulissantes de la salle de bain et s'assit au bord de la baignoire. C'était là qu'il devait être. Simplement là. Il n'avait pas d'explication. Il était bien. L'atmosphère était familière. La pièce baignait dans la pénombre.

Te voici enfin chez toi.

Une voix dans sa tête. Caressante. Comme une brise fraîche quand il fait très chaud. Il releva la tête, se concentra. Il n'entendit plus rien, à part le ronronnement étouffé de la ventilation. Il regarda autour de lui. Il était seul. Mais pour la première fois de sa vie, il se sentit entouré.

En face de la baignoire, à portée de main, il ouvrit l'un des grands tiroirs intégrés dans le mur. Il y trouva deux draps de bain en éponge, apparemment neufs, au rouge carmin très soutenu. Sa couleur préférée. Instinctivement, il plongea la main dans le tissu. La texture était douce. La sensation enveloppante et chaude. Une odeur douçâtre de vanille flottait dans l'air. Il ouvrit un second tiroir : d'autres serviettes de bain. Et toujours ce parfum, empreinte de souvenirs sans images. Dans les derniers tiroirs, il trouva deux peignoirs à sa taille et tout un nécessaire de toilette pour hommes, encore dans son emballage d'origine. Le flacon de parfum était identique à celui qu'il se mettait tous les matins.

Tu vois, j'ai tout préparé. Je savais que tu allais venir. Je t'attendais.

Toujours cette voix. Il prit sa tête entre ses mains, ferma les yeux et expira bruyamment. Quelqu'un lui avait parlé. Ce n'était pas comme d'habitude. Il avait toujours pu recevoir les émotions des autres, aussi clairement qu'une conversation, mais cela ne lui était jamais adressé. Cela avait toujours été ainsi. Il n'en avait jamais parlé à personne. Il savait au fond de lui qu'il ne fallait pas en parler. Ce monde dans lequel il vivait n'était pas le sien. Il ne fallait pas se faire remarquer et se fondre dans la masse. C'était inné. Mais aujourd'hui, quelqu'un lui avait envoyé des messages. Quelqu'un cherchait à communiquer. Quelqu'un comme lui. Mais où ?

Il continua son inspection des lieux. Peut-être y trouverait-il des indices, des traces de son interlocuteur invisible. Peut-être cela lui permettrait-il de savoir où et comment le rencontrer. Il se rendit à la cuisine et ouvrit placards et tiroirs. Tous les ustensiles pour préparer un repas se trouvaient là, parfaitement alignés dans un ordre évident. Rien ne semblait avoir été négligé. Tout avait été conçu de manière à pouvoir être facilement accessible. Le réfrigérateur était vide, mais il fonctionnait, attendant qu'on le remplisse. En revanche, dans le congélateur à tiroirs, tout l'espace était occupé par des barquettes en aluminium, soigneusement empilées par ordre de taille. Il en prit une. Sur le couvercle, on avait pris soin d'inscrire au feutre indélébile le contenu – un poulet basquaise – les temps et modes de cuisson ainsi que la date de péremption. Il disposait de quoi manger pour plusieurs jours.

Il replaça le plat dans le congélateur et referma précautionneusement la porte. Le reste des placards contenait des conserves de légumes et de viande, du chocolat et du sucre en poudre, de la farine, des condiments, des jus de fruits, du lait et quelques boites de gâteaux sucrés, exactement ceux qu'il affectionnait. Tout semblait avoir été prévu pour accueillir immédiatement un nouvel habitant. Pas n'importe lequel. Lui.

Il alla de pièce en pièce. Dans les chambres, les lits étaient faits. Les placards des salles de bain étaient garnis de serviettes et de nécessaires de toilette. Sous la table basse du salon, les alcools les plus divers attendaient qu'on les serve à d'hypothétiques invités. Les moindres détails avaient été pensés. Jusqu'aux paquets de mouchoirs dans les tables de nuit. En outre, toutes les pièces étaient équipées de ce qui semblait être un nécessaire de survie complet : extincteur, couverture anti feu, trousse de secours, masque à cartouche, fusées de détresse et un étrange harnachement. Il pensa à un baudrier d'escalade. Le harnais était muni de sangles épaisses au niveau des épaules et de la taille. À leur extrémité, un gros mousqueton. Intrigué, il déploya l'objet sur le sol pour tenter de savoir à quoi il pouvait bien servir. Nulle part, il n'avait trouvé de cordage pour effectuer une descente en rappel et seule une sangle légère faisait la jonction entre le haut et le bas du corps, passant simplement entre les jambes. Sur la poitrine, du côté gauche, il remarqua une petite poche comportant un renflement dur. Il ouvrit le scratch qui la tenait fermée et extirpa un sifflet attaché au bout d'une cordelette. Il remarqua au passage une sorte de poignée au niveau de la taille. Il tira. Il y eut un chuintement bref et le harnais se gonfla instantanément. Un gilet de sauvetage. Quelle nécessité pouvait-il y avoir à disposer d'un équipement de ce genre dans une maison ? Il y avait effectivement la proximité immédiate de la mer, mais cela lui semblait si dérisoire que c'en était ridicule.

Pourquoi une telle obsession du risque ? Peut-être le propriétaire était-il simplement dérangé ? Peut-être était-ce cela le mystère ? Mais cela n'expliquait pas la voix intérieure. Et pas non plus le fait que tout avait été conçu pour lui. Cela ne pouvait être un hasard.

Dans la première chambre de l'étage, il entreprit de déplacer le lit. Mais malgré ses efforts, la manœuvre se révéla impossible, rien ne bougea d'un centimètre. Le sommier semblait scellé dans le sol. Ce n'est qu'en s'y asseyant qu'il comprit qu'il s'agissait d'un matelas à eau - ce qui pouvait finalement expliquer la présence du gilet de sauvetage - pensa-t-il avec un sourire. Il tira la table de nuit : derrière elle, mais à portée de main, un interrupteur rouge. Il s'approcha davantage. Que se passerait-il s'il appuyait dessus ? Lafargue avait recommandé de ne pas fermer la porte de l'abri, mais il n'avait rien précisé quant à ce bouton. En connaissait-il seulement l'existence ?

Il décida cependant de se rendre dans une autre chambre pour voir si la même commande s'y trouvait. Sans grande surprise, il en releva la présence ainsi que dans toutes les autres pièces. A chaque fois, l'interrupteur était camouflé, mais toujours facile d'accès, le tout étant d'en connaître l'existence. Mais quels périls pouvait-on craindre à ce point-là ? Antoine douta que le simple fait de presser un bouton puisse le sauver d'une catastrophe. Il était donc probable qu'il s'agisse d'une commande d'appel à la gendarmerie ou à une société de surveillance. S'il appuyait, il prenait donc le risque de voir débarquer toute une brigade d'intervention. Il valait mieux être raisonnable : étant donné le degré de paranoïa du propriétaire, il n'apprécierait sûrement pas ce genre de plaisanterie. Et par-dessus tout, Antoine ne voulait pas retourner à l'hôtel jusqu'à la conclusion définitive de la vente.

Du bruit dans l'entrée le tira de ses investigations. Il devina que Lafargue était de retour et certainement pas seul. Un peu mal à l'aise, il alla à la rencontre de ses visiteurs. Effectivement, Gwen Lafargue était accompagné.

— Henri Martinon. Ravi de faire votre connaissance. Je suis le directeur de l'agence, dit l'homme en lui tendant une main volontairement mordante.

Henri Martinon était plutôt petit, il portait la moustache et ses cheveux étaient grisonnants. D'âge mûr, il était cependant de constitution athlétique. Son regard artificiellement jovial ne cachait pas son désintérêt pour son interlocuteur. Il portait un costume de couleur claire, une chemise bleu ciel et des mocassins de cuir marron de qualité et impeccablement cirés. Par opposition, Gwen Lafargue semblait encore un peu plus dégingandé et incompétent.

— Vous faites là un excellent choix et… une excellente affaire ! dit Martinon avec un petit rire tout à fait exaspérant.

— C'est exactement ce que je cherchais. J'imagine que son propriétaire doit avoir de bonnes raisons pour s'en défaire alors qu'elle est à peine achevée. Cela doit être assez inhabituel.

Henri Martinon leva les yeux au ciel en signe de connivence. Il s'approcha d'Antoine et lui glissa, telle une confidence :

— Vous savez, certaines personnes fortunées sont très… excentriques et changent d'avis aussi vite que la couleur du ciel ! Ils en ont fait construire une autre, pas très loin d'ici d'ailleurs. Elle est presque identique à celle-ci. - Il se reprit aussitôt – Je veux dire, dans le style. Mais elles sont très différentes.

Antoine fixa Martinon avec davantage d'acuité. Il avait perçu dans sa voix un infime bégaiement. Une légère hésitation à lui répondre. Il ne lui avait pas dit la vérité, il le sentait. D'autant qu'il ne parvenait pas à saisir la moindre pensée de sa part, comme s'il n'en avait pas. Or, il le savait depuis très longtemps, c'était impossible. Même chez le plus profond des demeurés. Ce que Martinon ne voulait pas lui dire, il le cachait au plus profond de lui-même. Il savait donc que ce qu'il pensait pouvait être intercepté. Martinon baissa les yeux un court instant. Sans doute une stratégie pour rassembler ses moyens. Puis il replongea son regard dans celui d'Antoine, et reprit très naturellement :

— Vous allez être content : le notaire a pu nous donner un rendez-vous dans une semaine, dès l'échéance du délai de réflexion, pour signer la vente définitive. J'ai cru comprendre que vous n'aurez pas besoin de davantage de temps pour réunir les fonds. J'ai pu également joindre le propriétaire, monsieur Klavitch, il est d'accord pour que vous preniez possession des lieux dès aujourd'hui, moyennant une indemnité d'occupation si vous veniez à changer d'avis dans la semaine.

— C'est parfait. Mais il n'y aucun risque que je change d'avis.

— J'ai pris la liberté de contacter votre hôtel pour faire ranger et apporter vos affaires : normalement, tout sera livré d'ici la fin de l'après-midi. Naturellement monsieur, vos frais de séjour sont à notre charge, susurra-t-il sur un ton mielleux.

Antoine ignora volontairement l'information. Il n'avait aucune envie de se livrer à des remerciements.

— Je me suis permis de regarder dans les placards : ils sont tous équipés. Je suppose que les propriétaires vont vouloir récupérer leurs effets personnels et leurs meubles ?

— Non, la maison est vendue en l'état, avec tout son contenu. Cela vous pose-t-il un problème ?

— Pas le moins du monde, au contraire. Par contre, monsieur Lafargue - qui semblait frappé de mutisme, ce qui était loin d'être déplaisant - m'a fait part d'une formation en ce qui concerne les fonctionnalités d'une sorte d'abri antiatomique du niveau inférieur, ainsi que de la remise d'un document technique. Et en visitant, j'ai constaté la présence de ce qui me paraît être une alarme centralisée. J'aimerai donc savoir comment tout cela fonctionne.

Henri Martinon ne put cacher aussi bien son malaise cette fois. Sensiblement, il se balança d'un pied sur l'autre. Si son esprit pouvait se fermer à toute intrusion, son corps le trahissait.

— …Oui… en effet. Nous avons évoqué le sujet avec monsieur Klavitch, il pense pouvoir vous envoyer quelqu'un pour configurer l'ordinateur central dès demain.

— J'avais cru comprendre que tout cela était de son ressort.

Martinon prit un air faussement étonné. Puis il jeta un regard assassin à Lafargue.

— Ah ? Monsieur Klavitch est un homme très occupé. Et…

Antoine ne le laissa pas finir sa phrase. Écouter les mensonges de Martinon ne l'intéressait pas.

— Il y a quelque chose que je n'arrive pas à comprendre… À quoi sert tout cet équipement ?

— Monsieur Klavitch est un homme particulièrement inquiet et…

Antoine lui coupa à nouveau la parole.

— Tout de même, monsieur Martinon, tant de technologie pour éviter un cambriolage ou un incendie, c'est un peu énorme, vous ne trouvez pas ? Quant à la fin du monde, je ne sais pas si…

Visiblement froissé, Martinon l'interrompit à son tour.

— Je n'ai pas de raison de mettre en doute les dires de mon client, répliqua Martinon. Je suppose aussi que vu sa profession – si mes souvenirs sont exacts, il développe des systèmes de sécurité très pointus – il est naturellement préoccupé par toutes ces situations « de crise ». Peut-être aussi a-t-il voulu se faire plaisir en créant lui-même un tel système à usage domestique, après tout. À ce sujet, d'ici demain, essayez de ne toucher à rien.

La conversation semblait terminée. Un silence gêné s'installa. Antoine constata que ses deux interlocuteurs évitaient soigneusement son regard. Martinon toussota, puis reprit :

— Que pensez-vous de nous installer au salon pour signer la promesse de vente ?

Antoine acquiesça. Martinon fit alors un geste poli pour l'inviter à passer le premier. Gwen Lafargue ferma la marche. Antoine prit place sur le divan, face à la mer. Martinon sortit d'une chemise une petite liasse de feuilles qu'il posa sur la table basse dans la direction d'Antoine.

— Je vous laisse prendre connaissance des conditions légales et signer en bas à droite à chaque page.

Le ton s'était fait léger. Antoine jeta un rapide coup d'œil à l'ensemble. Il avait le don de dégager instantanément les informations importantes sans avoir besoin de lire en intégralité. Toutefois, il n'en laissa rien paraître pour ne pas se trahir, affichant un air concentré. Enfin, après un laps de temps qui lui parut raisonnable, il sortit un stylo de la poche intérieure de son veston, sans voir que Martinon et Lafargue avaient offert le leur dans un geste machinal. Il fit ensuite glisser les pages vers Gwen Lafargue. Ce dernier rougit un peu, puis la main tremblante, signa à son tour les feuilles une par une. Martinon reprit la parole :

— Bien. Nous nous reverrons donc jeudi 24 mai à 16 heures chez maître Gentile pour la signature de la vente. Si vous le souhaitez, je pourrai envoyer quelqu'un vous chercher.
— C'est très aimable, mais ce ne sera pas la peine. Dès demain, je vais louer un véhicule en attendant d'en acheter un définitivement. Est-ce que…

Une voix synthétique l'interrompit brutalement :

Intrusion signalée dans l'allée nord. Veuillez agréer cette visite pour annuler le mode de défense extérieur.

Martinon parut surpris, mais ne réagit pas pour autant à la menace annoncée. Il resta immobile et dit simplement, d'une voix chevrotante :

— Vos… vos bagages.

La voix reprit, cristalline, mais froide :

Intrusion non agréée. Mode de défense activé. Contact dans 10 secondes. Compte à rebours enclenché : 8…7…6…

Finalement, Gwen Lafargue se leva d'un bond. Il ouvrit énergiquement la porte, comme s'il s'attendait à ce qu'elle lui résiste. Emporté par son élan, il perdit l'équilibre et se raccrocha à la poignée, manquant de justesse de tomber en arrière. Effectivement, un homme arrivait, poussant devant lui un chariot sur lequel étaient posées trois grosses valises.

Porte ouverte en mode manuel. Fin du mode de défense. Si vous avez besoin d'aide, dites « aide ».

L'homme posa les bagages dans l'entrée. Il portait un costume noir et une chemise blanche impeccablement repassée. Sur le rabat de sa veste était épinglé un badge où on pouvait lire, en lettres bleues sur un fond blanc : « Gaël – garçon d'étage ». Antoine le connaissait. A l'hôtel, il venait lui apporter son journal, l'en cas de l'après-midi… Il était la seule personne qu'il avait croisée jusque-là dont émanait une certaine chaleur humaine. Il se leva pour aller l'accueillir et lui serra la main.

— Bonjour monsieur Turnin. Je vois que vous avez trouvé votre bonheur.

— Oui, en effet. Vous allez me manquer, je vous assure.

— Merci monsieur, c'est très gentil. Où désirez-vous que je mette vos valises ?

— Laissez-les là, je m'en occuperai. Je ne sais pas encore où je vais m'installer. Il faut dire que je n'ai que l'embarras du choix.

Il en profita pour lui glisser discrètement un billet de cinquante euros dans la main avec un clin d'œil complice.

« Que cela reste entre nous ! » pensa-t-il. Gaël lui adressa un petit sourire en retour.

Non, je ne dirai rien ! C'est notre secret, n'est-ce pas ?

Antoine resta bouche bée. Gaël lui avait répondu. Les attitudes inexpressives de Martinon et de Lafargue lui indiquaient qu'il avait été le seul à capter le message.

— Votre nouvelle maison est très belle, reprit Gaël très naturellement. Il me reste à présent à vous souhaiter un bon emménagement. Cela a été un plaisir pour moi aussi.

Il serra la main d'Antoine et il sentit qu'il lui glissait à son tour quelque chose dans le creux de la paume.

Prenez ce papier et ne dîtes rien à personne.

Il eut à nouveau un moment de stupéfaction. Sa voix avait très clairement résonné dans sa tête, cette fois, comme dans une conversation normale. Le regard de Gaël plongea dans le sien. Antoine lui fit un léger signe pour lui montrer qu'il avait compris, mais il fut incapable de répondre. Il glissa dans un geste discret le papier dans la poche de son pantalon. Il sentit que son trouble s'affichait sur son visage.

— Au revoir, monsieur, dit Gaël d'un ton particulièrement sonore, manifestement destiné à faire diversion.

Cet intermède avait permis à Henri Martinon de se reprendre. Une fois Gaël parti, il se leva. Il posa sa main sur l'épaule d'Antoine et lui dit d'un ton condescendant :

— Il semble que le système soit un peu sensible. Peut-être avait vous fait une fausse manœuvre par inadvertance ?

— Je n'ai absolument rien touché, rétorqua Antoine, piqué au vif. Tout à l'heure, avec monsieur Lafargue, le système était désactivé.

Lafargue intervint sur un ton docte :

— Je confirme. Lorsque nous sommes descendus dans l'abri, la « machine » a signalé que l'alarme n'était pas fonctionnelle.

— Bien. Il y a sûrement un dysfonctionnement alors, dit Martinon en haussant vaguement les épaules.

Il ne semblait pas convaincu et Antoine savait que, dans son for intérieur, il était persuadé qu'en leur absence, il avait accidentellement relancé le système.

— Je vais joindre monsieur Klavitch immédiatement pour voir ce qu'il convient de faire.

Chapitre 4

Il y eut comme un claquement sec. Quelque part. Autour d'elle. Mais tout restait encore noir. Puis il y eu la lumière. Juliette ouvrit les yeux.

— Tu as faim ?

Elle se redressa doucement, passa une main sur sa joue. Un homme était tourné vers elle et lui tendait quelque chose. Les souvenirs affluèrent dans sa tête. Le conducteur. Le conducteur de la voiture qui l'avait emmenée loin de l'institution, avec Ganymède.

— Où sommes-nous ?

— Peu importe.

Il se pencha sur elle et descendit la vitre de sa portière. Un air frais iodé et familier s'engouffra à l'intérieur.

— Respire. Cela sent bon, n'est-ce pas ?

— Où sont-ils ? dit-elle en se retournant, découvrant la banquette arrière vide.

— On le soigne. Je suis resté pour attendre ton réveil.

— Il fallait me réveiller.

— C'est ce que nous avons fait.

À mesure qu'elle émergeait de son sommeil, Juliette prit conscience de son environnement. Elle était toujours sur le siège passager avant. Mais une couverture, qui avait dû glisser un peu pendant le trajet, était enroulée autour de sa taille. Pourtant, elle n'avait aucun souvenir qu'on lui en ait donné une. Elle regarda dehors. De gros nuages gris pommelés défilaient dans le ciel. L'air sentait la pluie. La voiture était stationnée le long d'un muret, face à l'entrée d'une grande maison basse, à la façade de pierre et au toit d'ardoises, percée de petites fenêtres.

— Tu as bien dormi ?

— Je ne sais pas. C'était… bizarre.

L'homme lui sourit. Elle le regarda plus franchement. Il était jeune, mais aucune estimation de son âge ne lui vint à l'esprit. Il était très grand, au point d'être un peu gêné par la faible hauteur de l'habitacle du véhicule qui le contraignait à se tasser dans son siège, le dos voûté. Il avait le teint mat, comme elle. Ses yeux étaient d'un bleu très clair, à la limpidité irréelle. Il appuya son coude sur le haut du dossier et posa sa main dans ses cheveux châtains, coupés très courts.

— Tu as bien grandi. Tu es devenue une très jolie jeune fille. La dernière fois que je t'ai vue, tu marchais à peine. Pourtant, il me semble que c'était hier. C'est incroyable ce que le temps passe vite…

— Vous me connaissez ?

— Bien sûr.

— Vous… vous êtes qui, par rapport à moi ? demanda-t-elle dans un souffle, estomaquée.

— C'est un peu compliqué. En quelque sorte, nous appartenons à la même famille. Je te connais depuis ta « naissance », dirons-nous.

— Moi, je ne connais personne. Sauf Ganymède.

— C'est normal. Tu es encore trop jeune.

— Comment cela ?

— Les choses viennent doucement, petit à petit, au fur et à mesure que tu grandis. C'est une protection, tu sais.

— À cause des *Autres* ?

— Oui. Je vois que tu as déjà appris beaucoup.

Elle sourit. Cela faisait du bien. Enfin une confirmation, des certitudes quant à ses ressentis. Et elle se sentait à l'aise avec l'homme aux yeux bleus.

— Vous vous appelez comment ?

— Ça dépend. Ici je m'appelle Oberon. Mais dans leur monde, je m'appelle Gaël.

— *Leur* monde ? Tu veux dire, le monde des *Autres* ?

— Oui, exactement.

— Mais nous sommes où, alors, ici ?

Réfléchis. Tu le sais.

Non. Comment pourrais-je le savoir ?

Tout est en toi.

Je ne comprends pas… Comment faut-il faire ?

Exactement de la même manière que pour me parler.

Mais c'est venu comme ça. Je ne sais pas comment j'ai réussi.

C'est pareil. Tout est à ta disposition.

Je ne sens pas, je ne vois pas.

Tu vois, tu sais déjà percevoir ces choses, rien que par la manière dont tu les exprimes. Prends ton temps. Tu as tout ton temps. Respire. Ferme les yeux. Laisse les choses venir. Tout est là.

Elle laissa le silence s'installer. Et si elle n'y parvenait pas ? Si cette capacité était morte en elle ou si elle n'avait jamais existé ? Que penserait-on d'elle ? Trouverait-elle sa place parmi eux ? La rejetteraient-ils ? Une sourde angoisse s'empara d'elle.

Tu ne dois pas avoir peur. Tu y arriveras, tu es comme nous.

Cela vint brutalement, souvenir de quelque chose longtemps oublié, mais ardemment recherché.

C'est la Zone grise ?

Oui. Tu vois bien qu'il n'y avait pas de quoi avoir peur.

Il avança une main vers elle, lui tendant une petite brioche parsemée de raisins secs.

Tu n'as vraiment pas faim ?

La vue de la nourriture la ramena à ses besoins primaires. Elle prit la brioche des deux mains, remercia d'un regard et déchira une bouchée. La mie était fondante, délicieuse, aux saveurs sucrées salées. De petits grains de sucre craquaient sous ses dents. Elle ne se souvint pas avoir mangé quelque chose d'aussi bon de toute son existence. Du moins, aussi loin que ses souvenirs remontaient. Et pourtant, le goût lui était familier, profondément ancré en elle. Elle prit le temps de savourer chaque morceau.

C'est bon…

Te souviens-tu ?

Je ne sais pas trop…

Tout va revenir, Juliette. Tout. Aucun souvenir ne se perd jamais. Le corps enregistre les sensations. L'esprit conserve la mémoire des faits dans la conscience collective. Rien ne meurt ni ne s'oublie.

Je ne m'appelle pas Juliette. Ce sont Eux qui m'ont appelé comme cela. Ce n'est pas mon prénom.

Si, c'est bien celui-là ton prénom pourtant. Tu as la chance de porter le même dans les deux mondes.

Comment cela ?

Elle ouvrit de grands yeux. Elle ne comprenait pas.

Mais… je suis qui, alors ?

Tu es Juliette. Il n'y en a pas d'autres ici.

Je ne comprends pas. Qu'est-ce que cela veut dire ? Comment les Autres ont-ils pu savoir comment je m'appelle ?

Ils ne l'ont pas su, enfin, pas vraiment. Parfois il leur revient des choses d'il y a très longtemps. Mais ils ignorent d'où elles viennent, alors ils appellent cela des coïncidences, des intuitions. Le plus souvent, ils ne se posent même pas de questions.

Je suis désolée, j'ai cru… Enfin, pour moi, Juliette ne veut pas dire grand-chose pour le moment. J'ai tellement pensé que c'était une de leurs idées que j'ai refusé de l'intégrer.

Il n'y a pas de quoi, tu sais.

Elle chercha son regard. Elle aurait voulu poser une foule d'autres questions. Mais il lui sembla qu'il ne la voyait plus, comme s'il passait à travers elle. Ses prunelles se confondaient avec le bleu limpide de ses iris. Il était ailleurs. Cela l'inquiéta. Et puis elle pensa à Ganymède.

Il va mourir, n'est-ce pas ? Je suis arrivée trop tard…

Il ne va pas mourir. Tu étais là quand il l'a fallu. Parce c'est son histoire. Et aussi la tienne.

Je voudrais le voir, savoir comment il va.

Il descendit de la voiture, en fit le tour et alla lui ouvrir la portière.

— Garde la couverture sur toi, il ne fait pas chaud.

Il la prit par la main. Une sensation de chaleur pulsatile lui parcourut le bras instantanément jusqu'à l'épaule, puis envahit toute sa poitrine, l'enserrant dans un étau invisible. Elle suffoqua. La panique l'envahit. C'était trop fort, brutal. Un instant, elle se sentit submergée.

— Arrêtez ! ça fait mal ! Je… je ne peux pas respirer ! s'écria-t-elle.

Elle tenta instinctivement de retirer sa main de la sienne, en vain. Elle semblait s'être fondue dans la sienne. Pourtant, en apparence, il la tenait à peine.

N'aie pas peur. C'est le lien.

J'ai mal. Cela m'empêche de respirer.

Non. Personne ne t'empêche de respirer. Personne ne te veut de mal. Calme-toi.

Juliette cessa de se débattre. La sensation d'écrasement s'évanouit aussitôt. Cela lui fit du bien. Elle leva les yeux sur Oberon, cherchant son regard pour lui exprimer sa gratitude, mais il ne parut pas le remarquer. Ils avancèrent côte à côte jusqu'au perron. Ils s'enfoncèrent dans une brume épaisse au fur et à mesure qu'ils approchaient de la maison. Les bruits du dehors devinrent lointains, étouffés. Elle avait l'impression de marcher sur du coton, comme dans un rêve. Ses gestes étaient ralentis et elle était vaguement engourdie. Mais ce n'était ni désagréable, ni angoissant. Et elle n'était pas certaine que ce soit réel.

Je me sens bizarre…

Ne t'inquiète pas. Fais-nous confiance.

Oberon ouvrit la porte d'entrée. Puis il lui lâcha la main et se tourna vers elle pour lui céder le passage. Il prononça quelques mots à son intention, mais elle n'en comprit pas le sens. Tout tournait autour d'elle. C'était un mouvement lent, étourdissant et elle posa instinctivement sa main contre le mur du couloir, cherchant un ancrage à la réalité pour ne pas tomber. Mais elle était bien, comme si on la berçait doucement. Elle percevait autour d'elle d'invisibles présences bienveillantes. Elle n'eut aucune réaction de peur lorsqu'elle se sentit glisser le long du mur jusqu'au sol. Puis dans des bras inconnus la soulevèrent et l'emportèrent. Elle eut l'impression de s'envoler. Elle ferma les yeux. Tout allait pour le mieux.

« Laisse-toi faire » fut la dernière chose qu'elle entendit.

———

Son attention fut attirée par des cris d'enfants, à quelques dizaines de mètres derrière lui. C'est ainsi que Ganymède prit conscience de l'endroit où il se trouvait. Il était allongé dans l'herbe haute, entièrement camouflé par la végétation. Un soleil généreux brillait dans le ciel d'un azur vierge. Il faisait tiède, l'atmosphère était sèche. Il se redressa, s'assit, entourant ses genoux nus de ses bras fragiles. Une légère brise lui caressa le visage. L'air sentait bon, chargé d'odeurs de fleurs et de végétation fraîchement coupée. Il n'avait pas la moindre idée de qu'il faisait là. Il leva la tête, essayant d'apercevoir l'horizon. Mais les hautes herbes obstruaient son champ de vision. Il lui faudrait donc se mettre debout. Or, cela signifiait aussi se rendre visible des enfants qu'il entendait jouer un peu plus loin. Et il se sentait vulnérable. De douloureuses expériences lui avaient jadis appris qu'il lui fallait se méfier en pareilles circonstances. Il jeta un rapide regard sur lui-même. Il était vêtu d'un pull trop grand pour lui, sous lequel il portait un maillot de corps à manches courtes. Jusque-là, cela pouvait aller. En revanche, il n'avait pas de pantalon ni de chaussures, il était en slip et en chaussettes. Certes, le pull lui arrivait jusqu'à mi-cuisses, mais il serait immanquablement la risée des autres enfants dans un tel accoutrement. Et cette perspective l'ennuyait beaucoup. Un sentiment de honte l'envahit et il resta immobile, la tête posée sur les genoux. Il avait envie de pleurer.

Toute sa vie, il avait été seul. Mais aujourd'hui s'ajoutait l'épreuve de l'humiliation. Il décida de se donner du temps. Attendre. Les enfants qui jouaient à proximité finiraient bien par s'en aller. Leurs parents les rappelleraient tôt ou tard pour le déjeuner ou le dîner, bien qu'il n'eut aucune idée de l'état d'avancement du jour. Cette pensée lui fit prendre conscience que la faim lui tenaillait le ventre. Il avait soif aussi, sa bouche était sèche et la perspective d'un grand verre d'eau fraîche lui sembla une torture affreuse. Un immense sentiment de désarroi s'empara de lui. Il était fatigué, affamé et assoiffé, il ignorait où il était ni comment il avait pu s'y rendre ou ce qu'il avait fait avant et il n'avait pas de vêtement convenable. Des larmes coulèrent lentement de ses yeux d'ambre, roulant sur ses joues pâles et creuses. Il renifla bruyamment, se frotta le nez avec le dos de sa main et se laissa tomber sur le dos dans l'herbe tiède. Dans les profondeurs de son désespoir, il n'entendit pas la végétation frissonner devant lui.

— Venez voir, je l'ai trouvé ! cria une petite voix enfantine enjouée.

Il se redressa d'un seul coup, replia ses jambes maigres sous le long pull gris, dérisoire rempart de sa pudeur. Une fillette se tenait en face de lui. Elle ne devait pas avoir plus de quatre ou cinq ans. Ses longs cheveux blonds bouclés, presque blancs, couraient sur ses épaules de façon désordonnés. Au milieu de son visage poupon au teint rosé, deux grands yeux bleus limpides le dévisageaient avec intérêt. Elle portait une robe courte rose et blanche sur laquelle était brodée la caricature d'un chat souriant et une paire de sandales de cuir. Trois autres enfants la rejoignirent, toutes des filles, manifestement plus âgées qu'elle de quelques années. La plus grande des quatre s'approcha et se baissa. Instinctivement, il recula.

— N'aie pas peur, nous ne te voulons pas de mal, dit-elle gentiment en lui tendant la main.

De ce qu'il pouvait en deviner au regard de sa maigre expérience des relations sociales, elle devait avoir à peu près son âge. Elle était plus petite que lui. Elle avait les cheveux bruns, parsemés de reflets cuivrés, coupés au carré, le teint très mat. Ses yeux étaient d'un noir profond.

Les fillettes se regardèrent mutuellement et deux d'entre elles se mirent à chuchoter.

— Nous t'attendions, dit une autre en pouffant et en rougissant, avant de reculer timidement derrière ses camarades.

— Tu ne veux pas nous parler ou tu n'y arrives pas ? reprit la première.

— Où est-ce que je suis ? demanda t-il simplement.

— Tu ne le sais pas ?

— Non.

— Un peu avant la Zone Grise.

— Qu'est-ce que c'est, la Zone Grise ? demanda t-il.

Elle le regarda avec effarement.

— Mais… enfin… je ne sais pas, je ne vois pas comment t'expliquer. C'est évident…

— Tu te moques de moi, dit-il avec résignation.

— Mais non, reprit-elle. Tu étais en difficulté dans cette...prison. Tu étais très malade. Alors, ils sont venus te chercher.

Son cœur bondit dans sa poitrine. Les souvenirs affluèrent dans sa tête. Le froid. La fièvre. La solitude. Puis Juliette. Mais avait-elle été réelle ou n'avait-elle qu'un rêve, juste pour supporter ?

— Co… comment sais-tu cela ?

— Parce qu'on t'a vu. Là-bas.

— Vous étiez aussi à l'Assistance ? Je ne vous ai jamais vues, pourtant.

Les fillettes se mirent à rire doucement. Mais elles ne se moquaient pas de lui. Elles paraissaient avant tout émues par la candeur ses propos. La plus grande se remit à parler.

— Non… Mais nous te connaissons. On se connaît tous.

— Je… je ne comprends pas…

Il se sentit submergé par les émotions. Tout lui échappait, réel et irréel à la fois. Au bout d'un laps de temps qui lui parut infiniment long, une seule idée finit par venir.

— Je suis mort, c'est ça ?

La fillette la plus jeune afficha un air peiné. Puis, de sa petite voix enfantine, elle se contenta de dire :

— Mais non tu n'es pas mort. Au contraire.

Elles s'approchèrent davantage et s'assirent simplement autour de lui. La plus âgée, qui semblait aussi la plus hardie, reprit :

— Cela me fait de la peine de te voir si désemparé, Ganymède. Thémis te l'a dit, tu n'es pas mort.

— Comment tu t'appelles ?

— Callisto.

— Ton nom ne me dit rien, je suis désolé.

— Ce n'est pas grave. Tu n'es pas encore revenu, je crois. C'est pour ça.

— Revenu de quoi ?

— Du monde des *Autres*.

Il resta silencieux quelques instants. Les fillettes ne le quittèrent pas des yeux. Elles semblaient soucieuses de ses réactions.

— Mais alors, où c'est, ici ?

— Je te l'ai dit, tu arrives dans la Zone Grise.

— Pour quoi faire ?

— Pour te soigner. Regarde-toi.

Jusque-là, il n'avait éprouvé rien d'autre que de la faim et de la soif. Et sa rencontre avec les fillettes les lui avait fait temporairement oublier. Il ne ressentait aucune douleur ni inconfort. Le sentiment d'humiliation s'était évanoui. Pourtant, il dut admettre qu'il était faible. Il allait tenter de se mettre debout lorsque le ciel s'obscurcit brutalement.

— À Bientôt Ganymède, lui dirent en cœur les quatre petites filles.

Il eut la sensation de tomber en arrière. Puis tout disparu. Il cessa de penser.

Chapitre 5

Antoine ouvrit les yeux. Il était allongé sur le dos, dans la position exacte dans laquelle il se souvenait s'être couché. Il contempla vaguement le plafond. Pendant un moment, il se crut encore dans sa chambre d'hôtel. Puis il réalisa peu à peu où il se trouvait. Pour la première fois, il se fichait de l'heure qu'il était. Il devait être encore tôt. La pièce était plongée dans une pénombre tiède. Les lueurs de l'aurore filtraient dans les interstices de son volet. Le bruit du dehors lui parvenait par la porte vitrée laissée entrouverte. Il était bien. Doucement, il apprivoisa la réalité de ce nouveau jour qui commençait par une rétrospective des événements de la veille.

Enfin seul, il avait réalisé qu'il avait très faim. Le déjeuner était déjà loin lorsque Martinon et Lafargue avaient pris congé. Il avait donc choisi un plat dans le congélateur. Cela lui avait pris un certain temps. Le choix disponible était aussi vaste que ses goûts personnels en matière de gastronomie. Après de longues tergiversations, il avait fini par se décider pour un ris de veau aux morilles avec des pommes de terre rôties. C'était un peu festif, avait-il pensé, mais après tout, il avait quelque chose à fêter. Le début d'une nouvelle vie. Il ne savait pas vraiment ce que cela signifiait. Mais l'idée était venue dès les premiers pas dans cette maison et elle était à présent une évidence.

Captivé par le spectacle paisible des bateaux qui croisaient dans la baie, il avait mangé debout dans le séjour. Combien de temps était-il resté là, il n'en savait rien. Il avait vu le jour décliner doucement, à mesure que le soleil s'écroulait derrière l'horizon rouge. Entre chien et loup, l'envie d'explorer l'abri anti atomique était remontée à la surface. Il était libre d'aller où il voulait à présent. Mais alors qu'il lavait ses couverts, il avait été saisi d'une immense fatigue. Le besoin de sommeil était devenu si impérieux qu'il n'avait rien pu faire d'autre que poser ses valises dans la chambre sans même les ouvrir. Puis il avait pris une douche, ponctuée de bâillements. Écrasé de fatigue, il s'était couché nu et le corps humide, dans le lit déjà fait. Il s'était sans doute endormi aussitôt, car il n'avait pas le souvenir d'avoir attendu le sommeil. Il ne se rappelait pas non plus avoir rêvé.

Il se tourna sur le côté et balaya la pièce du regard. Il se sentait chez lui ici. Les silhouettes des valises alignées le long du mur se détachaient dans la pénombre. Il avait l'impression d'être un voyageur au long court qui venait enfin de rentrer. Ses doigts froissèrent doucement le drap qui recouvrait son corps nu. Il était totalement réveillé à présent. Il avait envie de se lever. Il fut interrompu dans ses réflexions par une sonnerie cristalline. Il lui fallut quelques secondes pour réaliser que quelque chose venait de se produire et en comprendre la signification.

Quelqu'un avait sonné. Un peu surpris, il chercha à tâtons sa montre, abandonnée sur la table de nuit : 8 h 12. Il se leva rapidement, passa la main dans sa chevelure. Sa tentative pour se recoiffer resta vaine. Il se contenta d'enfiler le peignoir posé sur la chaise. Il chercha ses chaussons du regard. Il se souvint qu'ils se trouvaient encore dans ses bagages. Le carillon retentit à nouveau, plus longuement cette fois. Manifestement, le visiteur n'était pas très patient. Il traversa la salle de séjour pieds nus en trottinant et ouvrit la porte.

Un homme attendait. Il était simplement vêtu d'un tee-shirt moulant et un short blanc. A ses pieds, des chaussures de sport. Il avait la peau mate, les cheveux poivre et sel très courts. Malgré son âge, qu'Antoine évalua aux alentours de cinquante ans, il était de constitution athlétique. De la sueur brillait sur son front ridé. Ses yeux d'un bleu minéral accentuaient des traits durs et figés. Il posa un regard hautain sur Antoine et le détailla de la tête aux pieds, comme on examine avec dédain une marchandise de piètre qualité. Mal à l'aise, il rabattit maladroitement le pan de son peignoir sur sa poitrine en partie découverte et serra davantage la ceinture. L'homme lui tendit une main ferme et sèche, aux veines encore palpitantes de l'effort de la course. Il n'esquissa pas le moindre sourire.

— Nicolaï Klavitch, propriétaire, dit-il pour toute présentation.

— Antoine Turnin. Je suis ravi de…

Sans le laisser finir sa phrase, Klavitch entra, obligeant Antoine à reculer pour le laisser passer sans être bousculé.

— Excusez-moi pour cet accueil, mais je ne m'attendais pas à une visite à cette heure. L'agence m'a simplement dit qu'elle tenterait de vous contacter, sans plus de précisions.

— Vous étiez sur mon parcours. Apparemment, vous avez fait une manœuvre intempestive avec l'alarme centralisée.

Le ton était accusateur. Bien qu'impressionné, Antoine rétorqua aussitôt.

— Je n'ai fait aucune manœuvre, intempestive ou non, puisque je n'ai touché à rien. Sans doute est-ce une panne.

Klavitch lui jeta un regard mauvais. Puis il dépassa Antoine et, sans même se retourner, asséna d'un ton rogue :

— Ce système est fiable à 100 %. Aucun dysfonctionnement n'est possible.

Antoine ne céda pas, en dépit d'un envahissant sentiment de malaise.

— Je n'ai touché à rien.

— Si ce n'est pas vous, alors c'est sûrement l'œuvre d'un fantôme, poursuivit Klavitch sur un ton méprisant, en s'engageant dans les escaliers.

Antoine dut accélérer le pas pour le rattraper.

— Et pendant que je suis là, je vais configurer l'ordinateur central. Ce sera fait. Au moins, je n'aurai pas complètement perdu mon temps à réparer vos âneries.

Il se retourna vers Antoine.

— Allez prendre une douche et habillez-vous. J'en ai pour 20 minutes.

Antoine resta muet de stupéfaction. Puis il remonta les escaliers. Il se doucha très rapidement, enfila à la hâte les vêtements de la veille. La présence de Klavitch le troublait. Il avait la sensation irrationnelle que celui-ci pouvait observer ses moindres faits et gestes. À peine habillé, il redescendit aussitôt au sous-sol et se dirigea vers l'abri : à sa grande surprise, celui-ci était fermé et la porte blindée avait été verrouillée de l'intérieur.

— Monsieur Klavitch ? Vous êtes là ? Est-ce que tout va bien ?

Il colla son oreille contre le métal froid de la porte et écouta attentivement. Mais aucun bruit ne filtrait à travers l'épaisse paroi d'acier poli.

— Monsieur Klavitch ? Ouvrez la porte !

Il frappa. Puis il envoya de grands coups de pied, sans davantage de résultats. Inquiet et agacé, il décida de chercher un outil métallique. Le bruit serait décuplé et peut-être finirait-il par l'entendre. Au moment où il se retourna, il se trouva face à lui. Les pupilles noires et serrées de Klavitch se figèrent sur les siennes, comme un fauve à l'affut.

— Inutile de taper comme un sourd. Je suis là. Cette porte, une fois verrouillée, est étanche à tout bruit extérieur.

Le ton était glacial, mais presque un chuchotement. Il reprit :

— Je vous avais dit que j'en avais pour vingt minutes - il consulta sa montre - Il vous reste encore douze minutes. Vous avez certainement des bagages à défaire dans votre chambre. Toutes ces valises, qui vous attendent… Cela vous permettrait de retrouver vos pantoufles. C'est dangereux, de descendre des escaliers en chaussettes.

Ce qui restait d'aplomb à Antoine s'évanouit. Jusque-là, il était parvenu à cacher la crainte viscérale que Klavitch lui inspirait. Ce n'était plus qu'un jeu de dupes : Klavitch le lisait comme un livre ouvert. Il y avait en lui quelque chose d'animal. L'ondoyance sirupeuse du python.

— Je crois que je vais vous laisser travailler. J'ai… j'ai en effet des choses à ranger.

— Ce sera parfait. Je vous ferai savoir quand j'aurai besoin de vous.

Antoine hésita à lui tourner le dos. Il fit d'abord un pas en arrière, mais il heurta le mur. Klavitch ne le quittait pas des yeux. Il semblait profiter de la crainte qu'il suscitait. Antoine regagna l'étage à grandes enjambées, le plus silencieusement possible. Mais il savait que Klavitch percevait les moindres détails de sa fuite. Une fois dans sa chambre, il ne sentit pas davantage en sécurité, ni hors de sa vue. Il était certain qu'il pouvait l'observer partout où il se trouvait dans la maison. Il fit mine d'ouvrir une valise, fouillant nerveusement dans ses vêtements. Il était incapable de se détacher de l'image de Klavitch et de son regard.

Insupportable. Sors.

Il ouvrit la porte vitrée et s'avança sur la terrasse.

Le souffle d'une brise tiède glissa sur son visage. Et l'emprise étouffante de Klavitch se désagrégea au contact de l'extérieur. En face de lui, quelques bateaux glissaient sur une mer lisse. Il s'appuya à la rambarde en bois. Il oublia peu à peu la présence venimeuse de Klavitch.

Il tourna la tête sur la gauche : sur la terrasse de la maison jouxtant la sienne, une femme assise dans une chaise longue en bois lisait un journal. Sentant qu'on l'observait, elle leva la tête et regarda dans sa direction. Il lui fit un signe de la main auquel elle répondit par un sourire et un petit geste. Il ne pouvait pas la voir en détail, mais elle lui sembla plus âgée que lui. Un grand chapeau de paille cachait en partie une longue chevelure brune qui retombait naturellement sur ses épaules nues. Elle dégageait quelque chose d'amical, mais il n'osa pas chercher le contact. Ostensiblement, il se tourna de l'autre côté. La maison voisine était plus éloignée. Elle était plus ancienne, sans doute construite dans les années soixante-dix. Elle ne semblait pas habitée, tous ses volets étaient clos, le jardin était un peu à l'abandon.

Une voix féminine avec un fort accent anglais le tira de ses réflexions :

— Bonjour.

Il tourna la tête. La femme s'était approchée. Appuyée sur la rambarde, à l'extrémité de sa terrasse, elle le regardait avec une évidente curiosité, malgré ses lunettes aux verres fumés.

— C'est une maison très agréable. Vous avez passé une nuit paisible, n'est-ce pas, dit-elle en souriant.

— Euh oui… J'ai emménagé hier.

— Je sais. Je vous ai vu avec l'agent immobilier.

Elle tendit la main dans sa direction.

— Anita. Je suis très contente de faire votre connaissance, Antoine.

Maladroitement, il tendit sa main à son tour. Leurs doigts ne purent cependant que se frôler. Il allait lui demander comment elle avait eu connaissance de son prénom, mais elle ne lui en laissa pas le temps.

— Je ne serai donc plus seule sur mon île, dit-elle doucement.

— Comment ça ?

Elle marqua un temps d'arrêt.

C'est un îlot. Perdu au milieu d'un océan.

Ici, il n'y a personne à part l'été. Au bout de la rue, vous arrivez à la pointe. De là, vous verrez l'entrée de la baie d'un côté et l'océan de l'autre. La plupart du temps, il n'y a plus que moi et la mer. C'est mon île.

Te voici enfin.

— Je… j'essayerai d'être de bonne compagnie, dit-il, fortement troublé.

— Cela ne fait aucun doute. À plus tard, dit-elle en s'éloignant doucement.

Antoine se retourna. Klavitch était là, quasiment collé à lui. Il ne l'avait ni vu, ni entendu s'approcher. Sa présence soudaine lui fit l'effet d'un seau d'eau glacé. Il sentit sa peau devenir granuleuse et un frisson lui parcourut la nuque.

— Je vous attends, monsieur Turnin. Cela fait 21 minutes et 17, 18 secondes.

Klavitch n'avait plus aucune agressivité dans la voix. Au contraire, elle ne trahissait plus la moindre émotion. Antoine osa lever les yeux sur lui. Son regard était vide. Ses traits s'étaient assouplis, effaçant ce qu'il lui avait semblé être des rides d'expression. Quel âge avait-il réellement ? Il n'était plus capable de l'évaluer. Quelque chose semblait avoir disparu en lui. Il paraissait sans visage. Il le suivit jusqu'au niveau inférieur et Klavitch se mit à parler, sur un ton monocorde, sans réellement s'adresser à lui.

— Le refuge a été conçu pour résister à tout type de catastrophe, aussi longtemps que nécessaire. Cela inclus les inondations, les incendies, les tremblements de terre, les raz-de-marée, les ouragans, les tornades, les catastrophes et hivers nucléaires, les attaques chimiques et biologiques, les bombardements et tout type de conflits armés.

C'est sûr, cela arrive tous les jours ici... pensa Antoine avec une certaine ironie. Klavitch s'interrompit aussitôt et le fixa. Mais il n'y avait aucune réprobation dans son regard. Juste cette étrange vacuité.

— Je sais que vous pouvez m'entendre, dit Antoine

Klavitch acquiesça de la tête. Mais il ne dit rien. Il resta encore quelques longues secondes les yeux dans les siens, sans toutefois vraiment le regarder, comme s'il fixait un point qui prenait naissance à l'intérieur de lui et se perdait ensuite au-delà. Puis il reprit, toujours sur un ton parfaitement neutre :

— Lorsqu'une catastrophe ou une attaque de ce type est imminente, l'ordinateur central – qui est relié par satellite – vous préviendra quelques minutes avant. Vous aurez donc le temps de vous mettre à l'abri en emportant quelques effets personnels. N'emportez rien d'autre que des choses qui vous sont strictement personnelles et irremplaçables à vos yeux. Tout ce qui est nécessaire à une survie décente se trouve déjà dans le refuge. Ne prenez pas la peine de prendre des vêtements, à moins que vous ne teniez particulièrement à l'un d'entre eux. Ne vous souciez pas non plus de la nourriture et de l'eau : il y a ce qu'il faut pour tenir une vingtaine d'années, pour huit adultes et vous disposez d'un système spécifique de renouvellement de ces vivres – tout est expliqué dans le manuel n° 4 dans le tiroir B 02 de l'unité d'accueil.

Klavitch entra dans la première pièce de l'abri.

— Vous êtes dans l'unité d'accueil. C'est ici que vous pourrez prendre connaissance des raisons pour lesquelles vous avez dû vous rendre dans le refuge. Le système vous informera aussi souvent que nécessaire ou que vous le souhaitez de ce qui se passe à l'extérieur. Il vous accordera ou non l'autorisation de sortir du refuge en fonction de la situation. Vous disposez cependant d'une possibilité de sortie manuelle : toutefois, c'est à vos risques et périls. Si vous vous trouvez hors de l'abri, vous pouvez y rentrer à tout moment – si vous êtes encore en vie bien sûr – une simple demande de la voix suffira.

En dépit du ton monacal de Klavitch, Antoine était captivé par ses explications. Cet endroit était bien davantage qu'un loft pour amateur de huis clos éternel.

Vous avez le même abri dans votre nouvelle maison, n'est-ce pas ?

Klavitch se retourna. S'il avait voulu cacher à Antoine sa capacité à intercepter ses pensées, ses réactions le trahissaient aussitôt.

Pourquoi ne me répondez-vous pas, puisque vous savez très bien m'entendre ?

Son regard s'alluma. Peut-être de l'amertume. De la tristesse. Il sortit de sa poche un crayon et se saisit de la main d'Antoine. Puis il écrivit maladroitement, dans sa paume.

« Ne peux pas.»

— Mais alors, parlez-moi ! Vous pouvez parler ! s'écria Antoine.

— J'ai fait tout ce qu'il y avait à faire. Je m'en vais maintenant.

Il lui tourna le dos et s'éloigna. Pendant une poignée de secondes, il fut incapable de le suivre, comme figé.

— Attendez !

Il courut vers la sortie. Mais Klavitch était déjà parti. Il remonta aussi vite qu'il le put au rez-de-chaussée. Personne. Il ouvrit la porte d'entrée, sortit dans l'allée puis dans la rue. Klavitch semblait s'être volatilisé.

Chapitre 6

La lueur perçait au travers de ses paupières. Elle était gênante. Il aurait bien voulu lui échapper et replonger dans l'obscurité, mais il ne parvint pas à se tourner sur le côté. Il lui sembla que quelque chose l'en empêchait sans pouvoir dire quoi. Et il se trouvait dans l'incapacité totale de s'en libérer. Il fallait qu'il ouvre les yeux. Il le savait. Tout le lui commandait, même si son corps s'y refusait. Et peut-être trouverait-il comment fuir la lumière. Alors il pourrait retomber dans le néant et s'échapper à nouveau.

On le toucha au visage. Une main sur sa joue. Sur son front. Légère, mais insistante. Envahissante. Une sensation piquante et agaçante. Il sentit les traits de son visage se figer en guise de réponse. Et puis toujours cette lueur vive. À peine tamisée par le rempart de ses paupières. Il lutta intérieurement pour s'en affranchir. Peut-être lui suffirait-il de l'ignorer pour ne plus l'endurer ? Il n'y parvint pas. Elle était toujours là. Brûlante et douloureuse. Focalisant toutes ses pensées.

« Laissez-moi ! » Cria-t-il à l'intérieur de lui-même.

Il aurait voulu mettre sa main devant ses yeux pour se protéger, se tourner sur le côté, mais il n'en avait pas la force. Il fallait ouvrir les yeux. Analyser. Trouver comment faire pour ne plus subir cette souffrance. Trouver comment replonger dans le noir. Mais il n'en aurait pas la force. Il le savait. Tout était joué d'avance. Pourtant, il ne voyait aucune échappatoire. C'était insupportable. Il aurait voulu s'enfoncer dans le sommeil. Ne plus rien sentir. Ne plus rien penser. Sans doute était-ce cela, la mort. Il n'en éprouvait ni tristesse, ni peur. Au contraire. Son corps n'était qu'une somme d'inconforts et de souffrances. Il retournerait ainsi au silence et à l'obscurité. Au lieu de cela, il se trouvait dans une sorte d'entre deux mondes. Et quelqu'un l'empêchait de repartir. Il se mit à le détester.

Il ne savait pas où il se trouvait, mais cela lui était égal. Il ne percevait aucun bruit. Sans doute ne pouvait-il pas les entendre. Il était donc encore très loin dans l'inconscience. Alors, il avait une chance de parvenir à retourner dans la nuit. Et ne jamais se réveiller. Avant la lumière, il était bien. En tout cas, il ne se souvenait pas d'avoir été mal. Parce qu'il ne se souvenait de rien.

La lumière s'était faite plus aveuglante. Ses dernières résistances s'écroulaient, il le sentait. Pourtant, il gardait encore ses paupières closes. Simplement parce qu'il n'avait toujours pas la force de les ouvrir. Pas plus qu'il ne disposait de celle de se débattre. La main se posa à nouveau sur sa joue, puis sur son bras droit. Il éprouva une haine encore plus féroce. S'il avait pu, il aurait crié sa colère. Mais il ne pouvait pas.

Je ne suis pas ton ennemi.

Il aurait pu répondre. Il connaissait ce mode de communication. Depuis toujours. Sans jamais l'avoir appris. Mais chaque effort, même seulement envisagé, était une souffrance. Alors, il ne dit rien. Et de surcroit, il détesta encore davantage l'homme qui lui parlait et le touchait.

Je veux seulement t'aider.

Il rassembla ce qui lui restait d'énergie et tenta de lever sa main vers son visage. Sans succès. C'est à peine s'il put sentir ses doigts se crisper sur le tissu sur lequel ils reposaient. Il eut envie de pleurer de désespoir et de frustration. Mais aucune larme ne vint.

Ouvre les yeux.

L'idée seule était insupportable. Il avait peur de souffrir. Qu'il soit pire encore de garder les yeux ouverts que de subir la lumière à travers ses paupières. Et il craignait l'avalanche de sensations qui le submergeraient dès que son regard lui ferait prendre conscience de lui-même.

Ouvre les yeux.

La lumière semblait avoir baissé d'intensité. Peut-être était-il en train de gagner ? Peut-être l'homme qui lui parlait dans sa tête renonçait-il enfin à le contraindre à ouvrir les yeux ? Il se sentit instantanément apaisé. Mais le répit fut de courte durée. Quelque chose de piquant le transperça profondément. Dans le creux de son poignet droit. La douleur explosa. Elle se diffusa instantanément partout. Il aurait voulu crier et se débattre, mais son corps ne lui obéit pas. Il resta immobile, incapable de se soustraire à la souffrance, ou de l'exprimer. Au bout d'un temps qui lui parut infiniment long, la chose piquante se retira. Mais cela continua de lui faire affreusement mal.

Je sais que c'est douloureux. Je suis désolé.

Désolé. Seulement désolé. Si les circonstances s'y étaient prêtées, il aurait pu trouver cela drôle. Mais il n'avait aucune envie de rire. Il était partagé entre angoisse profuse et haine absolue. À mesure que la douleur s'estompait, il se rendit compte qu'il commençait à percevoir des bruits autour de lui. Des pas légers. Le froissement d'un tissu épais puis d'un papier. Le tintement de quelque chose de métallique sur une surface dure. Il sentit qu'il tremblait. Il avait froid. La main étrangère se posa à nouveau sur son visage. Elle était chaude et douce. Cela lui fit du bien. Doucement, il ouvrit les yeux.

— C'est bien, murmura la voix masculine, qu'il n'avait jusque-là entendue que dans sa tête.

Tout était encore brouillé. Il prit conscience qu'il était allongé sur le dos, sur une surface moelleuse. Une couverture et un drap, posés l'un sur l'autre, le recouvraient jusqu'à la poitrine. Il se trouvait dans une grande pièce aux murs jaune pâle. La lumière provenait du plafond tout entier, irradiant l'ensemble de l'espace. Autour de lui, d'étranges machines sur les écrans desquelles défilaient des courbes, des chiffres. Il tenta de bouger un peu sa main endolorie par la piqûre, mais il n'y parvint pas. Il réalisa qu'il était attaché. Des sangles retenaient ses poignets. Le dos de sa main droite était recouvert d'un sparadrap, d'où émergeait un fin tuyau transparent relié à quelque chose qu'il ne pouvait pas voir, au-delà de son champ de vision. Autour de son bras gauche, une sorte de large ruban gris se gonfla lentement dans un bruit de pompe, l'enserrant douloureusement de longues secondes. Il voulut parler. Quelque chose dans sa gorge l'en empêcha. Avec sa langue, il en fit le tour. C'était une sorte de tube lisse qui traversait sa bouche depuis la commissure de ses lèvres et qui se perdait bien au-delà, au fond de son palais. Cela le gênait pour déglutir. Le tube était bloqué entre ses dents par un lien qui lui passait derrière la tête. Un autre tube, d'un diamètre plus important y était connecté et courait vers l'une des machines. Cette vision lui donna la nausée.

— Ne t'inquiète pas, nous allons bientôt t'enlever tout cela.

Quand ? demanda-t-il instinctivement.

Quand tout sera redevenu normal, répondit l'homme sur le même mode.

— Nous t'avons attaché parce que nous ne voulions pas que tu te fasses mal en te débattant.

J'ai froid.

L'homme se leva et passa devant ses yeux. Il quitta la pièce. Il lui sembla grand, les cheveux clairs. Il portait une sorte de pyjama vert pour tout vêtement. Sa vue encore imparfaite ne lui permit pas de distinguer ses traits, ni d'avoir une estimation de son âge. Lorsqu'il revint, il tenait une couverture bleue, qu'il déplia entièrement sur lui jusqu'au menton. La sensation de chaleur fut immédiate. La texture était douce, le tissu était épais, mais léger. L'homme s'assit sur le bord du lit, puis il souleva un coin du drap recouvrant sa main et commença à défaire la sangle qui le retenait prisonnier.

— Je te détache. Je peux te faire confiance, n'est-ce pas ?

Oui.

Il se pencha ensuite au-dessus de lui et déboucla la seconde sangle. Pendant quelques minutes, il resta immobile. L'homme le regardait attentivement. On aurait dit qu'il le voyait réellement pour la première fois. Pourtant, il avait dû avoir cent fois l'occasion de l'observer pendant son sommeil.

Je suis content que tu ailles mieux, Ganymède.

Où sommes-nous ?

Dans la Zone Grise. Tu es revenu chez toi.

La fatigue, l'afflux d'informations, l'étrangeté du lieu et de l'environnement le laissèrent incapable de poser d'autres questions. Où se trouvait-il, il n'en avait pas la moindre idée. La Zone Grise ne lui évoquait rien. Il n'avait jamais imaginé que de telles choses puissent exister. L'endroit ne ressemblait pas à un hôpital, en tout cas, pour ce qu'il en connaissait, mais bien davantage à l'intérieur d'une fusée spatiale ou extra-terrestre, comme il avait pu en lire les descriptions dans les romans fantastiques qu'il affectionnait tant. Peut-être rêvait-il ? Peut-être était-il toujours dans l'inconscience ? Tout ceci n'était peut-être que le produit de son imagination fiévreuse. Il cherche à se raccrocher à ses derniers souvenirs. Il se rappela le lit froid, la maladie, la faim, la solitude, la peur, les longues journées à attendre que quelqu'un vienne. Juliette. Partir dans la nuit sur son dos. Et quatre fillettes dans un jardin, *avant* la Zone Grise.

Tout a vraiment existé, n'est-ce pas ?

L'homme lui sourit. Il le voyait mieux à présent. Il avait le teint très pâle, les yeux d'un bleu limpide, les cheveux châtains. Il était jeune. Peut-être trente ans, peut-être moins. Il lui souriait. Ganymède regretta de l'avoir autant détesté.

Où sont-elles ?

Pas très loin de toi.

Je pourrai les revoir ?

Oui, mais pas maintenant.

Quand j'irai mieux ?

Tu verras à ce moment-là.

Et Juliette ?

Oui, oui, bien sûr.

Il se sentit soudainement fatigué. La vue de l'homme assis au bord du lit était devenue pénible et il avait la nausée. Il avait l'impression de se trouver dans un manège. Chaque regard accentuait la sensation.

Je ne sens pas très bien.

Je sais. Tu dois récupérer.

Juliette viendra ?

Oui.

Jusque-là, il n'avait jamais éprouvé l'envie d'avoir une présence à ses côtés. Parce qu'aucune présence ne lui aurait apporté du réconfort. Il avait toujours cru comme une certitude absolue qu'il était définitivement seul au milieu des *Autres*. Mais Juliette ne faisait pas partie des *Autres*. Alors, il éprouvait le besoin de la savoir auprès de lui.

Il faut que tu dormes à présent. Elle sera là à ton réveil.

Les couleurs s'affadirent. Puis les formes prirent des contours flottants et se fondirent peu à peu, à mesure que les sons s'éloignaient de lui. Il ne ressentit aucune peur.

Chapitre 7

25 Septembre 2031

Callie referma la porte de la salle. Puis elle chercha au milieu de son trousseau la bonne clé et l'introduisit dans la serrure. Le bras droit chargé de livres, elle tira la poignée vers elle aussi fort qu'elle put et tenta de tourner la clé. Mais elle se heurta à une résistance. Elle lâcha un soupir d'agacement. Elle tira davantage, s'efforçant de plaquer la porte contre l'encadrement. Les livres glissèrent dans le creux de son coude. Elle essaya bien de les retenir en se crispant davantage, mais cela n'eut pas d'autre effet que de lui infliger une crampe douloureuse. Elle eu un juron intérieur. Inexorablement, les livres tombèrent un par un sur le sol dans un bruit mat qui résonna dans le couloir. Exaspérée, mais les deux mains libres, elle parvint enfin à refermer la porte.

Elle allait se baisser pour ramasser ses affaires lorsqu'elle distingua les contours d'une silhouette massive en face d'elle. Un homme vêtu d'une combinaison bleue s'approchait d'elle. Elle hésita. Toujours ce décalage. Juste Louis, l'agent technique.

— Voulez-vous que je vous aide ?

— Merci, mais cela va aller maintenant, dit-elle en rassemblant les livres. Cette porte est de plus en plus récalcitrante…

— Oui, je crois qu'il faudrait que l'on se décide à changer la serrure. Je le signalerai au gestionnaire demain matin.

— Excellente idée. Et pendant que vous y êtes, demandez-lui de faire changer la porte et aussi les murs, dit-elle.

Il la regarda, interloqué.

— Je plaisantais.

— Ah oui ! répondit-il en souriant.

Non, en fait, je ne plaisante pas. Tout est bon à refaire ici. Et tiens, si on pouvait aussi changer certains collègues, ce ne serait pas mal non plus.

La pile de livres à présent reconstituée, elle se redressa.

— Bonne soirée, Louis.

Il lui adressa un petit signe de la main et murmura quelque chose qu'elle ne fit pas l'effort de comprendre. Elle longea le couloir sombre et descendit l'escalier. Puis elle traversa la cour et se dirigea vers le parking. Il était presque 17 heures 30. Le soleil brillait encore ardemment. Il faisait chaud. Septembre, quoique bien avancé, avait toujours des accents d'été. Elle sourit. Parfois, la vie pouvait être simplement belle, sans qu'il ne se passât rien de spécial. Juste les bonheurs évidents d'un temps agréable et d'une journée de travail achevée. Elle avait des courses à faire avant de rentrer. Quelques petites choses à acheter pour le repas du soir, qu'elle prendrait soin de ranger immédiatement dans le réfrigérateur et les placards. Puis elle allumerait l'ordinateur. Elle consulterait brièvement ses mails avant de revoir ses cours pour le lendemain. Peut-être prendrait-elle le temps de répondre d'abord à ses contacts. Elle ne savait pas encore.

Elle ouvrit le coffre de sa voiture, posa les livres à plat et les bloqua grâce à la sacoche de son ordinateur portable. Puis elle monta dans son véhicule et introduisit la carte magnétique dans la fente du démarreur. Il n'y eut pas un bruit, seul le tableau de bord virtuel apparut sur la partie inférieure du pare-brise.

— Marche arrière, dit-elle simplement.

La voiture recula. Elle quitta sa place de parking et s'engagea dans la rue. Il faisait chaud dans l'habitacle. Elle n'eut pas la patience d'attendre que la climatisation devienne efficace et ouvrit les fenêtres. Un air tiède s'engouffra à l'intérieur. Cela sentait bon l'été. Elle aimait cette odeur. Elle pensa à la plage toute proche, au sable brûlant sous les pieds nus. Tant pis pour les courses. Elle trouverait bien de quoi manger ce soir dans ce qui lui restait.

Dans ces moments-là, Callie se sentait résolument comme tout le monde. Elle aimait par-dessus tout cette vie banale dans laquelle il lui semblait facile de trouver sa place. Tout au moins en avait-elle l'illusion réconfortante. Et elle était fière d'être parvenue à s'intégrer. Callie savait qu'elle était différente. Elle était née ainsi. Mais sa solitude absolue l'avait convaincue qu'il fallait absolument faire « comme si » puisqu'il ne servait à rien d'être unique. Au départ, elle en avait beaucoup souffert. Il y avait eu cette déchirure. Puis avec les efforts et le temps, la plaie était devenue cicatrice. Et à présent, il lui semblait qu'elle était invisible. Connue d'elle seule. Elle avait réussi.

Elle avait cessé depuis longtemps d'entendre les pensées des autres. Le réflexe s'était éteint. Rien d'autre ne subsistait en elle qu'une vigilance accrue : elle ne devait pas être différente. Du moins ne l'était-elle plus. Elle se sentait forte et fragile à la fois. Forte d'avoir accompli le tour de force de devenir vraiment quelqu'un d'autre. La volonté qu'il lui avait fallu était à elle seule révélatrice de la puissance de son caractère. Fragile, à la merci d'une épreuve de la vie qui la renverrait en arrière, au commencement. Et elle n'était pas certaine qu'elle aurait la détermination nécessaire pour tout reconstruire. Alors, elle avait mis en place une stratégie simple. Ne pas s'attacher aux gens. N'avoir besoin de personne. En aucun cas. Juste profiter des bons moments, sans réflexion ni attente. Laisser les mauvais glisser sur soi comme l'eau sur les plumes des canards. Cela supposait de rester à distance des événements qui touchaient les autres, d'éviter toute empathie dangereuse. Cela ne l'avait pas empêchée d'avoir des amis. Mais elle évitait soigneusement tous les sujets nécessitant d'utiliser le registre des sentiments. Elle ne parlait pas d'elle non plus. Si la personne qu'elle fréquentait à ce moment-là la questionnait, elle répondait que cela n'avait aucun intérêt. Et si d'aventure elle insistait, alors elle s'en éloignait suffisamment pour que le sujet devienne incongru de lui-même, au fil du temps.

Cela avait toujours marché. Elle ne savait plus depuis quand. Et tant qu'elle ne s'attacherait pas à qui que ce soit, elle ne risquait pas d'être happée par le besoin de l'autre. Et tant qu'elle n'éprouverait aucun besoin de l'autre, rien ne la renverrait à sa différence. Tout resterait sous contrôle. Tout serait toujours conforme à ce qu'elle avait prévu.

Ce fut le dernier jour de sa vie « comme tout le monde ». Puis elle perdit le contrôle.

Chapitre 8

Antoine resta quelques minutes dans la rue. Il fit quelques pas le long du muret de pierres, sans but. Klavitch n'avait pas pu s'envoler. Il avait pourtant disparu. Soit il était particulièrement rapide, soit il avait utilisé un autre moyen pour quitter les lieux. Il sourit néanmoins. Aussi étrange et désagréable qu'eût été cette rencontre, elle était une preuve intangible qu'il n'était ni seul au monde ni fou.

Il ne retrouverait pas Klavitch ce matin. Il n'avait pas eu spécialement envie de le chercher de toute façon. Il voulait juste comprendre. Ce qu'il avait écrit dans la paume de sa main. Sa fuite. Et comment il était parvenu à disparaître aussi vite. Mais peut-être n'aurait-il jamais l'opportunité de lui demander. Cela n'avait pas d'importance. Parce que Klavitch n'était sans doute qu'une toute petite pièce du puzzle de sa propre histoire. Il décida de rentrer. La porte s'ouvrit automatiquement et la voix synthétique dit doucement :

« Bonjour, Antoine. »

Il ne s'en étonna pas. Cette maison était la sienne. Elle l'avait adopté aussi vite que lui. La porte se referma sans bruit sur son passage.

Pendant les jours qui suivirent, il n'éprouva pas le besoin de sortir. Il était tout entier tourné vers l'exploration des lieux. C'était bien davantage que la simple curiosité ou l'attrait de la nouveauté. C'était une reconnaissance, une imprégnation. Il se sentait bien. Apaisé. Il lui semblait avoir toujours vécu là, dans une douce harmonie. Sa quête était peuplée d'impressions fugaces, associées aux objets et aux odeurs. Plusieurs fois, il eut la sensation d'entrer en communion avec quelque chose qu'il ne parvenait pas à décrire. Peut-être un sentiment d'appartenance.

Il aperçut sa voisine depuis sa terrasse, mais il n'alla pas lui parler. Il avait besoin de rester seul. Elle le comprit implicitement, faisant mine à son tour de ne pas le voir ou se contentant de lui sourire affectueusement. Il ne ressentait aucune solitude, ni frustration, au contraire. Il lui semblait vivre des moments d'une rare intensité. Il ne retourna pas dans l'abri. Il y pensa pourtant régulièrement, mais à chaque fois, tout semblait s'y opposer. Une autre idée venait aussitôt s'imposer, incontournable. Il avait conscience de cet obstacle mental, mais il ne chercha pas à le surmonter. Le moment n'était pas venu. Pas encore. Peut-être était-ce simplement parce qu'il n'était pas officiellement propriétaire de l'endroit. Du moins, c'est l'avis auquel il se rangea en guise de justification à lui-même.

Son seul contact avec l'extérieur se résuma à l'achat d'un véhicule le troisième jour. Ce fut une affaire rapide. Il n'avait pas spécialement d'attirance pour les voitures. L'essentiel était que celle-ci lui convienne et soit immédiatement disponible. Puis le temps défila. Comme dans un rêve.

Il en oublia le rendez-vous chez le notaire. Il fut pris au dépourvu lorsque son agenda électronique lui rappela que l'échéance était imminente. Il rassembla à la hâte quelques papiers et son portefeuille. Fit un bref passage dans la salle de bain pour réajuster son col de chemise. Puis il quitta la maison et monta dans sa voiture.

Lorsque le véhicule émergea de la pente du garage, il éprouva une curieuse impression de pesanteur. Il sortit de l'impasse. C'était finalement la première fois qu'il le faisait seul. Jusque-là, il avait toujours été accompagné, notion pourtant toute relative. Il avait conscience de retourner dans un monde qui n'était pas le sien, mais dans lequel il avait vécu longtemps. Le paysage défila, ponctué des indications monocordes de son GPS. Se défiant lui-même, il s'efforça de mémoriser les lieux, les directions. Il fut presque étonné d'apercevoir d'autres automobilistes et des piétons. Depuis des jours qu'il n'était pas sorti, il en avait presque oublié la vie du dehors. Il se sentait comme un étranger égaré. Cela n'avait rien à voir avec son changement d'adresse. Dans la maison, il était dans son sanctuaire, entouré d'énergies invisibles et silencieuses. Mais ici, il était plongé dans un monde de bruits et de présences humaines parasites.

Après un quart d'heure de route, il se gara devant l'étude du notaire. Il constata qu'il était un peu en avance. Il hésita à attendre dans la voiture, mais se résigna finalement à descendre. Il retrouva dans la salle d'attente Henri Martinon qui s'empressa de le saluer obséquieusement.

Antoine ne l'aimait pas. C'était instinctif. Il savait qu'il fallait des raisons précises pour cela et il n'en avait aucune. Martinon ne lui avait rien fait. Mais sa capacité à occulter volontairement ce qu'il pensait le dérangeait profondément. Il aurait pu y voir une simple défense ou une aptitude inconsciente, mais le comportement de Martinon dans son ensemble suggérait des intentions peu honorables. Martinon lui adressa un sourire et il s'apprêtait vraisemblablement à lui parler lorsqu'une porte s'ouvrit.

— Nous allons pouvoir commencer puisque tout le monde est là ! dit un homme sur un ton jovial.

La première chose que l'on pouvait dire de Maître Gentile, c'est qu'il était l'illustration parfaite de l'adéquation supposée entre le physique et l'emploi, à tel point que l'on pouvait se demander s'il était passé comme tout le monde par le stade de l'enfance. Il était petit et voûté. Son teint très pâle était néanmoins éclairé par des joues roses, avec de petits yeux vifs cerclés de lunettes rondes. Il était à moitié chauve, le peu de cheveux qui lui restait étaient gris et tirés en arrière avec soin. Il semblait sorti tout droit d'un dessin animé. Peut-être avait-il passé l'essentiel de sa vie au milieu de ses livres, reclus dans son bureau sans fenêtre. Antoine se demanda s'il avait jamais vu la mer, voire s'il était possible qu'il en ignorât jusqu'à l'existence. De son seul sourire, Maître Gentile effondra tous ses préjugés. Dans un geste courtois, il le pria de s'assoir.

Eh bien pour une fois, ce requin de Martinon a trouvé un jeune acheteur. Cela nous changera... Un peu de jeunesse...

— Bien. Comme vous le savez certainement, Monsieur Turnin, monsieur Martinon représentera monsieur Klavitch, qui n'a pas pu être des nôtres.

Antoine afficha un air troublé, ce qui capta aussitôt l'attention de maître Gentile, qui semblait de toute façon n'avoir d'yeux que pour lui.

— Quelque chose ne va pas ?

— Non, rien. Seulement, l'ayant rencontré la semaine dernière, je m'attendais à ce qu'il soit présent aujourd'hui, dit-il, au fond soulagé.

Il y a un silence gêné. Maître Gentile regarda alors Antoine avec une bienveillante acuité.

— Monsieur Turnin, vous faites erreur, ce n'est pas monsieur Klavitch que vous avez rencontré : il est en Australie depuis plus de six mois et il ne reviendra probablement pas avant l'automne.

Antoine reprit calmement :

— Mercredi dernier, un homme s'est présenté comme étant monsieur Klavitch à mon domicile. Il a réglé un dysfonctionnement de l'alarme et m'a fait visiter l'abri anti atomique.

Maître Gentile parut ébranlé puis dit simplement :

— Bien. Il semble que monsieur Klavitch ait écourté son séjour.

Martinon objecta :

— Ah non, c'est impossible : je lui ai parlé plusieurs fois la semaine dernière au téléphone – notamment pour cette histoire d'alarme - et il se trouvait encore à Brisbane.

— Êtes-vous sûr qu'il était vraiment là-bas ? Avec les portables, on ne sait jamais où sont les gens, dit maître Gentile, avec un petit rire embarrassé.

— Sûr : j'ai appelé directement l'hôtel et on m'a passé sa chambre.

— Et vous êtes certain d'avoir parlé à la bonne personne ?

— Absolument certain, répliqua Martinon d'un ton indigné.

— Monsieur Turnin, pouvez-nous nous décrire cette personne ?

Antoine se lança dans une description détaillée. Il raconta sa rencontre avec le supposé Klavitch. Martinon acquiesçait au fur et à mesure de son récit, confirmant l'identité du visiteur. À la fin, il laissa tomber bruyamment ses mains sur ses cuisses, manifestement interloqué.

— Je vois que nous nous trouvons face à une curieuse énigme… conclut maître Gentile avec résignation. Il va falloir résoudre ce mystère pour le moins… troublant. Peut-être pourrions-nous immédiatement appeler l'hôtel de monsieur Klavitch, cela nous permettrait déjà de savoir s'il se trouve toujours là-bas ?

— Je ne veux pas avoir l'air de faire obstruction, dit Martinon en regardant sa montre, mais là-bas, nous sommes au beau milieu de la nuit. Il vaudrait mieux attendre quelques heures.

— Bien. Dans l'attente de savoir qui est qui, et si naturellement, vous êtes toujours d'accord, monsieur Turnin, peut-être pourrions-nous procéder à la signature de la vente, puisqu'en l'état, aucun litige ne semble être apparu sur ce point ?

Les papiers furent rapidement signés dans un silence confus. Antoine tremblait d'excitation. Qui était ce prétendu Klavitch ? Était-il possible qu'il s'agisse d'un imposteur ? Où était-ce le Klavitch d'Australie qui l'était ? Et pourquoi ?

Une fois dehors, Martinon le raccompagna jusqu'à son véhicule.

— Je vais me renseigner dès ce soir quant à la situation de monsieur Klavitch. J'avoue ne rien comprendre…

Antoine sentit pour la première fois des accents de vérité dans ses paroles.

— C'est très curieux, en effet, répondit Antoine d'un ton faussement compatissant avant de monter dans sa voiture.

Il ne rentra pas immédiatement chez lui mais s'arrêta d'abord au supermarché acheter quelques produits frais qu'il entassa dans un sac isotherme acheté au rayon des surgelés. Il en profita aussi pour faire le plein d'essence. Le temps était calme et ensoleillé et cela lui donna envie d'aller marcher au bord de la mer. Ainsi apprivoiserait-il un peu l'extérieur… Il sentait en effet que s'il ne se forçait pas un minimum dès maintenant, il risquait de ne plus vouloir sortir de chez lui. Et l'idée de vivre dans l'ignorance de son environnement, fut-il étranger, l'effrayait. Il n'aurait pas aimé que l'on pense de lui ce qu'il avait imaginé pour maître Gentile.

Il sélectionna sur son GPS une destination parmi celles qui proposaient l'accès à un sentier littoral à proximité et se laissa guider. Après quelques minutes de trajet sur une route sinueuse et étroite, il s'arrêta sur un petit parking niché au milieu des pins.

Il n'eut d'abord pas envie de descendre de la voiture. Que faisait-il là seul, sans but, alors qu'il aurait pu déjà être de retour chez lui, au milieu ?

Ses pensées se figèrent brutalement et il chercha les mots qui manquaient à sa phrase. Mais il ne trouva pas. Au milieu de quoi ? Finalement, il ouvrit la portière et sortit. Puis il prit son pull-over resté sur la banquette arrière et se dirigea vers la barrière en bois qui limitait l'accès du sentier aux seuls piétons. L'endroit était désert et il marcha le long du chemin quelques minutes, sans savoir où s'arrêter. Il se tourna vers l'horizon. La mer semblait presque figée. Il quitta le sentier et s'installa à flanc de dune, le dos calé contre un rocher brise-lame. À part le bruissement léger de la brise dans la végétation, tout était parfaitement calme. Il répondit à l'appel de l'indolence. Il s'allongea, roulant son pull sous sa tête pour s'en faire un oreiller. Un généreux soleil lui caressait le visage. Il était bien. Ses doigts s'enfoncèrent dans le sable tiède. Il ferma les yeux et il lui sembla qu'il prenait de la distance avec son propre corps. Il pensa à sa nouvelle maison. À cet abri mystérieux qui l'appelait constamment, mais qui se dérobait toujours. Il tenta de se souvenir des lieux, mais il se rendit compte qu'il n'avait que très peu d'images, défilant par saccades dans des flashs de lumière blanche. Peu à peu, il sentit ses pensées s'effacer, à mesure que son environnement dérivait lentement. Un goéland passa très haut dans le ciel et lança un cri hypnotique. Une douce torpeur l'envahissait, prémices du sommeil. Il tenta mollement de lutter, essayant de s'accrocher à la réalité. Sa volonté recula sans héroïsme. Il sentit avec délectation son corps s'engourdir. Il était en train de s'endormir et le peu de conscience qui lui restait encore lui permettait de savourer ces instants si précieux. Il sentit qu'il chavirait. Il oublia.

Souviens-toi.

Il y eut un bruit sonore. Tout se fracassa dans sa tête et il eut la sensation que son corps retournait brutalement dans son enveloppe. Le son explosa à nouveau aux quatre coins de lui. Cela fit mal. Sans pouvoir situer où, ni avec quelle intensité. Il remonta douloureusement à la surface de lui-même. Il ouvrit un œil contrarié, le cœur battant, et se redressa sur ses coudes. À quelques dizaines de mètres de lui, deux silhouettes jouaient avec un grand chien noir qui manifestait sa joie et son excitation par des salves d'aboiements. La sieste était à présent terminée.

C'est à ce moment-là qu'il réalisa que quelque chose à sa droite attirait son regard. Quelque chose dont il ne devinait que vaguement les contours. Une forme humaine. Il se tourna légèrement. Une jeune femme était assise sur les rochers. Malgré ses lunettes de soleil, il vit qu'elle l'observait avec acuité.

— Je suis désolée pour vous, dit-elle. Vous aviez l'air si bien...

L'esprit encore un peu embué, il ne trouva pas quoi répondre. Il plissa les yeux pour mieux la voir, mais le soleil l'aveuglait impitoyablement. Elle s'approcha et s'assit en face de lui. Malgré son apparente assurance, ses mains se saisirent nerveusement de larges poignées de sable qui s'écoulaient inexorablement entre ses doigts. Elle était grande et fine. De longs cheveux châtains retombaient sur ses épaules. Elle était d'une beauté joyeuse et naturelle avec des traits encore un peu enfantins. Elle ne devait pas avoir plus de vingt-cinq ans.

— Vous me surveilliez ?

— Oui et non. Je vous ai vu arriver et vous vous êtes installé exactement là où je me mets habituellement. La coïncidence m'a intriguée.

— Je ne savais pas que la place était réservée, dit-il en lui souriant.

— Vous n'êtes pas d'ici, n'est-ce pas ?

— C'est donc aussi visible ?

— Lorsqu'on est là par hasard, cela se voit. Enfin… non, ce n'est pas tout à fait ce que je veux dire. Mais vous ne me croiriez pas.

— Allez-y quand même.

— Le destin. Vous voyez, quand vous lâchez les rênes, quand vous oubliez de décider…

C'est le destin qui vous a amené ici. Parce qu'il le fallait. Et peut-être même qu'il fallait aussi que je vous rencontre et que nous ayons cette conversation.

Il sourit.

— Ce n'est pas ce que vous pensez, hein ? Vous vous dites, cette fille est bien gentille, mais elle est un peu folle.

— Si vous pouviez entendre mes pensées, vous sauriez que cela ne m'a même pas effleuré l'esprit.

— Sérieusement ?

— Oui.

Elle s'était redressée sur ses genoux et avait relevé ses lunettes de soleil sur son front, dévoilant de grands yeux verts.

— D'après vous, il vous veut quoi, le destin, en vous amenant ici ? dit-elle.

— Et vous ?

— Je ne sais pas. Vous me croiriez si je vous disais que je le sentais ?

— Vous sentiez quoi ?

— Qu'il se passerait quelque chose. Quelque chose d'insolite. Que j'allais faire une rencontre inhabituelle.

— Je ne suis peut-être pas aussi inhabituel que vous le pensez.

— Pourquoi pas ?

Il s'assit, replia ses genoux et les entoura de ses bras. Il n'osa pas la regarder franchement et ses yeux se portèrent au-delà d'elle. Elle était différente de lui. Elle était les autres. Il l'avait su au moment même où il avait réalisé sa présence. Mais pour la première fois, il envisagea que cela puisse être intéressant.

— Comment vous appelez-vous ?

— Marlène. Et vous ?

— Antoine.

— C'est vraiment votre prénom ?

— Oui, bien sûr, répondit-il quelque peu interloqué.

— C'est bizarre, on dirait que ce n'est pas vraiment vous.

— Pourquoi dites-vous cela ?

— C'est une question d'évidence, un prénom. Et vous, ce n'est pas évident.

— Analyse intéressante. Je vous promets que je vais y réfléchir.

Elle baissa les yeux. Elle semblait toujours un peu mal à l'aise, ses longs doigts jouant avec de petits morceaux d'algues séchées restés prisonniers dans ses mains. Puis, après un silence troublé, elle dit :

— On pourrait peut-être se tutoyer, maintenant que nous ne sommes plus des étrangers.

Je ne suis plus une autre.

— D'accord. Je suppose que tu n'habites pas très loin ?

— Non. Je ne pense pas que l'on puisse faire beaucoup plus près, dit-elle en désignant le toit d'une maison à demi cachée par la falaise.

Elle sourit.

— Pourquoi ne me regardes-tu pas ?

— Je te regarde.

— Non.

— Mais si.

— Non. C'est comme si tu regardais quelque chose derrière moi, comme si j'étais transparente.

— Peut-être est-ce ma façon de regarder les gens ?

— Personne ne te l'a jamais dit ?

— Non.

— Alors, je ne sais pas.

Il voulut lui dire qu'il n'avait jamais eu l'opportunité de parler avec qui que ce soit, *vraiment*. Mais il se retint. D'instinct. Elle regarda sa montre.

— Je vais devoir te laisser.

Il sortit son portable de sa poche, mais il ne parvint pas à lire l'heure en raison de la luminosité. Elle tendit la main et le lui prit doucement. Le geste fut si naturel qu'il n'eut aucune réticence à le lui donner.

« L'évidence » pensa-t-il.

Elle tapa quelque chose puis le lui rendit.

— Mon numéro. Je l'ai mis dans ton répertoire.
— J'ai bien aimé parler avec toi. C'est la première fois que…
— … tu parles vraiment à quelqu'un.
— Comment le sais-tu ?
— Cela se voit.
— Oui, bien sûr.

Elle se releva, lui fit un petit signe de la main.

J'espère que tu m'appelleras vite.

Oui c'est évident, lui répondit-il en pensée, bien qu'il sut qu'elle ne pouvait l'entendre.

Il la regarda s'éloigner, puis, dans un geste machinal, consulta sa montre. Il était presque 18 h 30. Cela faisait donc deux heures qu'il était là. Les quelques achats qu'il avait faits au supermarché attendaient depuis tout ce temps dans la voiture. Il quitta la plage à la hâte. Lorsqu'il ouvrit la portière, des effluves caractéristiques l'informèrent que le camembert était passé de l'état solide à l'état liquide. Les rillettes répandaient une forte odeur de charcuterie. Le mélange des deux était franchement écœurant. La climatisation, poussée à son niveau maximum, n'eut pas d'autre effet que de lui réfrigérer le bout des doigts et lui donner la chair de poule. Il finit par ouvrir les fenêtres. Le brassage d'air atténua un peu la puanteur.

Avec un soupçon de culpabilité, il jeta charcuteries et fromages à la poubelle à peine le pas de la porte franchi. Il réalisa en déballant le reste de ses achats qu'en dehors de quelques fruits, il n'avait rien à manger pour le dîner. Il ouvrit le congélateur. Mais il n'avait cessé de puiser dedans depuis son arrivée et il ne restait plus que des desserts. Le placard à conserves faisait lui aussi grise mine. A moins de se lancer dans l'élaboration d'une recette, il n'y avait rien de réellement exploitable. Il allait se résigner à reprendre la voiture pour aller s'acheter une pizza lorsqu'une idée lui traversa l'esprit : l'abri. Il disposait d'une réserve de nourriture conséquente. Pourquoi ne pas s'en servir ? Après tout, ce n'était certainement pas un repas manquant qui compromettrait son hypothétique survie.

Il descendit au sous-sol. Il avait le cœur battant. Enfin, il y retournait. Il pensa à la jeune fille de la plage, Marlène, au destin. Les deux portes étaient grandes ouvertes l'une sur l'autre. Cela l'étonna un peu. Quand il avait cherché Klavitch, il se souvenait avoir vu la porte verrouillée. Il pénétra dans l'unité d'accueil et le plafonnier s'alluma aussitôt, éclairant l'espace d'une lumière froide. Il consulta le plan schématique placardé sur le mur à sa gauche. Il y localisa la réserve. Après une courte hésitation, il poussa la porte d'une petite pièce plongée dans la pénombre, à peine éclairée par une rangée de veilleuses au bas des murs. Il chercha machinalement un interrupteur et sa main pressa une forme rectangulaire de plastique. L'endroit s'illumina, révélant d'interminables rangées de tiroirs superposées jusqu'au plafond. En face de lui, au fond, il distingua deux portes munies d'un système de fermeture semblable à celui des chambres froides. Sans doute les aliments congelés se trouvaient-ils là. Il se contenta cependant d'ouvrir l'un des tiroirs les plus accessibles, lequel portait la mention « 3a - g ». Des conserves parfaitement rangées et étiquetées attendaient d'être consommées. Il prit la première dans un geste fébrile et lu l'étiquette :

« Poulet sauce foie gras à la périgourdine et châtaignes grillées – deux personnes ».

Puis il repoussa le tiroir. Curieusement, il éprouvait un sentiment de malaise. Une vague impression. Presque un sacrilège. Il chercha à se rassurer. Après tout, il était chez lui à présent. Il ouvrit un second tiroir, juste à côté du précédent. Il était cette fois rempli de petites boites en carton rectangulaires semblables à des emballages de rouges à lèvres. Il en sortit une. L'étiquette apposée sur la face la plus grande représentait une salade verte et on pouvait lire « laitue d'hiver – à réhydrater 10 minutes dans un litre d'eau tiède ». Intrigué, il décolla la pastille qui scellait la fermeture et en extirpa le contenu. Une sorte de tige épaisse, d'une dizaine de centimètres de longueur, à l'aspect parcheminé, était emballée dans un sachet en plastique transparent. Il avait du mal à croire que la chose brunâtre et desséchée qu'il avait devant les yeux se transformerait en une salade fraîche et bien verte une fois trempée dans l'eau. Cela ne demandait toutefois qu'à être vérifié. Il referma le tiroir. Il avait envie de pousser ses investigations plus loin, mais la faim lui tenaillait le ventre. Il reviendrait, de toute façon. Il se dirigea vers la porte, quitta la réserve et retourna dans l'unité d'accueil avec son dîner. Il allait sortir lorsqu'une voix synthétique se fit entendre :

Sortie non autorisée des rations 3a et 8a.

Craignant que la porte ne se referme devant lui, il accéléra l'allure. Mais au moment où il franchissait le seuil, quelque chose le frappa violemment au milieu du dos, se répercutant jusque dans ses doigts. Il lâcha les deux boites qu'il avait dans les mains et tomba à genoux. Hagard, il mit quelques instants à réaliser.

Premier avertissement, reprit la voix cristalline, *sortie non autorisée des rations 3a et 8a.*

Il se redressa, s'appuyant sur ses paumes tremblantes et regarda autour de lui, cherchant ce qui avait pu le frapper ainsi. Mais il n'y avait rien ni personne. Il s'assit et reprit son souffle. Il avait des fourmis dans les doigts. L'étrange douleur avait disparu, ne subsistait qu'une vague sensation d'étau.

Une décharge électrique, pensa-t-il.

Tentative de sortie non autorisée des rations 3a et 8a échouée.

Encore groggy, Antoine se releva et d'un geste machinal, passa la main sur ses lèvres. Il entra en contact avec un liquide chaud et visqueux. Il examina sa main. Du sang. Il avait dû s'ouvrir la lèvre inférieure, peut-être lors de sa chute, mais plus sûrement parce qu'il s'était mordu au moment du choc. Il ramassa les boites tombées par terre et les posa sur la table. Puis il s'approcha d'un petit miroir intégré au mur. En effet, sa lèvre inférieure était fendue et saignait abondamment. Il passa sa langue sur la plaie. Une forte sensation de brûlure le fit grimacer. Il chercha un mouchoir au fond de sa poche, mais n'en trouva pas. Le sang coulait toujours et il n'avait d'autre choix que de l'avaler. Malgré tout, une goutte s'écrasa au sol.

Blessé léger identifié dans l'unité d'accueil. Perte de sang veineux. Pronostic vital non engagé. Matériel de premier secours disponible.

Un tiroir s'ouvrit automatiquement devant lui, laissant apparaître un petit casier contenant un paquet plastifié blanc. Sans réfléchir, Antoine déchira l'emballage et extirpa ce qui lui sembla être une compresse. Puis il l'appliqua sur sa lèvre ouverte. La blessure le piqua vivement. Inquiet, il la retira et se regarda à nouveau dans le miroir. Le saignement s'était arrêté et une sorte de film transparent recouvrait à présent sa blessure. Il s'assit sur l'un des sièges autour de la table. Il se sentait fatigué et contrarié. Il était clair qu'il ne pourrait pas franchir le seuil de la porte avec ses provisions, il serait aussitôt neutralisé par une nouvelle décharge. Et le souvenir était suffisamment cuisant pour ne pas tenter de recommencer. En outre, il avait conscience qu'il ne pourrait pas être plus rapide que cette machine. Mais une idée germa dans sa tête. Certes, il ne pouvait pas emporter les boites. Du moins, il ne pouvait pas sortir avec elles. Cependant, rien n'empêchait qu'elles ne sortent sans lui.

Il prit la boite de conserve et la fit rouler le plus loin qu'il put à travers la porte. Après quelques tonneaux bruyants sur le carrelage, elle finit sa course au milieu du couloir. Puis il jeta la boite en carton qui atterrit au pied de l'escalier. Rien ne se passa. Le moment était venu à présent de sortir. Une vague appréhension le saisit : peut-être l'ordinateur le corrigerait-il pour cet affront ? Peut-être l'empêcherait-il de sortir, simplement parce que les boites étaient manquantes ? Il n'avait plus le choix de toute façon. Il recula de quelques pas, prit son élan et courut jusqu'à la sortie. Il traversa l'embrasure de la porte blindée en faisant un grand saut, comme pour franchir un obstacle invisible. Rien ne se passa, pas le moindre petit message d'avertissement ou d'alerte.

Il ramassa les deux boites. La conserve avait été légèrement cabossée en heurtant le sol dur, mais elle n'avait pas été percée. Il les emporta à l'étage, les serrant précieusement contre lui, à la manière d'un trésor. Il avait faim, son estomac se manifestait bruyamment. Mais avant de se laisser aller aux plaisirs de la table, il voulait se consacrer à une expérience. Il lui fallait admettre que c'était essentiellement cette perspective qui l'avait poussé à chercher une solution pour emporter les deux boites. Il posa le tout sur le plan de travail de la cuisine puis ouvrit le mitigeur de l'évier. Lorsque l'eau fut devenue tiède, il en remplit un verre doseur. Il hésita à plonger l'étrange bâtonnet directement dans le verre. Si vraiment cette chose desséchée et peu ragoûtante avait vocation à redevenir une salade aussi belle et fraîche que le laissait supposer l'image sur le carton d'emballage, alors elle ne tiendrait rapidement plus à l'intérieur. Il avisa un saladier dans le placard qui lui parut faire l'affaire. Il versa l'eau, plongea la baguette brunâtre et attendit. Rien ne se passa. La tige flottait à la surface et l'eau ne semblait pas pénétrer dans les fibres, couvertes de petites bulles. Il attendit encore, regardant sa montre par intermittence. Cinq minutes s'écoulèrent sans qu'aucune modification visible n'ait lieu. Et s'il s'agissait tout simplement d'une plaisanterie ? Ou d'un leurre ? Klavitch était si étrange, pour ne pas dire dérangé, que l'idée ne lui parut pas fantaisiste.

Un peu dépité, il délaissa la salade pour se consacrer à l'ouverture de la conserve, qui elle, au moins représentait une valeur sûre. Il était à la recherche d'un ouvre-boite lorsqu'il y eut un léger bruit de froissement mouillé derrière lui. Il ne comprit pas immédiatement d'où cela provenait et regarda machinalement par terre, croyant avoir fait tomber quelque chose. Puis il se tourna légèrement et ses yeux furent attirés par une tache verte sur le plan de travail. Il fut tellement surpris qu'il recula et heurta douloureusement l'angle du tiroir encore ouvert. Face à lui, une énorme laitue débordait du saladier devenu trop étroit. Elle semblait toute juste cueillie, ses larges feuilles vertes éclatantes de fraîcheur. Il porta la main devant sa bouche, comme pour étouffer un cri de stupéfaction. Mais rien ne sortit. Il était abasourdi par ce qu'il avait sous les yeux.

Ce n'est pas possible !

Si.

Il se retourna. La salle de séjour était déserte. La lumière s'affadissait doucement dans l'horizon rouge qui incendiait la mer. Il était seul. Du moins physiquement.

Qui êtes-vous ?

Tu le sais. Tu me connais si bien.

Non. Dites-moi qui vous êtes.

Mais il n'y eut aucune réponse. Frustré, Antoine prit le saladier et s'installa dans le canapé, face à l'océan. Il était en proie à une étrange sensation qui faisait vaciller sa raison. Rêvait-il ? Était-il en train de devenir fou ? Il regarda la salade. Toute l'eau avait disparu du plat, absorbée par la laitue revenue à la vie. Il la toucha. Ses doigts appréhendèrent l'existence du phénomène. Tout était donc réel. Ou alors, rien ne l'était et lui-même n'existait pas. C'était une possibilité. Mais cela n'avait pas d'importance puisqu'il ne connaissait aucun autre état que celui-là. Il tenta de se souvenir de la voix dans sa tête. Peut-être la connaissait-il ? Peut-être pourrait-il se rappeler à qui elle appartenait ? Rien ne lui vint. Il se trouvait même incapable de dire s'il s'agissait d'un homme ou d'une femme.

Il détacha une feuille et la mâcha. Elle avait incontestablement le goût et la texture de ce qu'elle prétendait être. Elle était si parfaite que cela en était incroyable. Il avait bien sûr déjà consommé des produits lyophilisés, mais cela n'avait strictement rien à voir avec ce qu'il avait sous les yeux et dans la bouche. La salade semblait avoir été cueillie à pleine maturité, dans les minutes qui précédaient. Il était clair qu'il se trouvait face à quelque chose d'inconnu. Il avait du mal à croire que Klavitch ait pu être à l'origine d'une telle performance. Cela supposait des moyens considérables, des connaissances pointues dans des domaines variés. Cela ne pouvait pas être à la portée d'un homme seul, aussi génial et fortuné soit-il. Il y avait forcément d'autres personnes. Mais qui ? Se pouvait-il que ce soit l'un d'eux qui s'adressait à lui ? Et pourquoi ? Que faisait-il là ? Pourquoi avait-il soudainement accès à cela ? Quel était le lien avec lui ?

Tout se bouscula dans sa tête, à tel point que les mots se mélangèrent entre eux et devinrent indistincts. Puis, ultime ancrage à la réalité, la faim se rappela à lui dans une crampe douloureuse au creux de l'estomac. Il se leva et retourna à la cuisine. Il retrouva l'ouvre-boite abandonné sur le plan de travail et attrapa la conserve. Il s'attendit à ce qu'elle résiste, mais elle ne posa pas plus de difficulté qu'une boite ordinaire. Par réflexe, il en huma le contenu. Cela sentait bon. Pas de mystère cette fois. Il la vida dans une poêle et fit réchauffer le tout quelques minutes, suivant les indications gravées sur l'une des faces. Il regarda la salade. C'était sans doute idiot, mais il répugnait à la manger. Il ne craignait pas de tomber malade, il était évident qu'il ne s'agissait pas d'un piège ou d'un poison. C'était juste une aversion puissante, inexplicable. Même en l'accompagnant d'une vinaigrette, il savait qu'il ne parviendrait pas à surmonter le fort dégoût qu'elle lui inspirait, tant sa perfection artificielle le dérangeait au plus profond de lui-même.

Ne la mange pas si elle ne te fait pas envie.

Il se retourna. Simple réflexe. Car il savait pertinemment qu'il était seul dans cette maison et que la voix n'existait que dans sa tête. Était-elle réelle ? Il n'était pas sûr de vouloir répondre à cette question. Et pourtant, tant qu'elle subsisterait, il lui semblait qu'il ne pourrait pas avancer dans ce qui avait tout l'apparence d'une quête, bien qu'il fût incapable d'en définir l'objet. Il pouvait se raccrocher à une chose, toutefois : la salade. Si elle existait vraiment, alors la voix également. Et toutes les autres qui l'avaient toujours accompagné avec ou sans sa volonté. Il la toucha à nouveau. Il sentit sous ses doigts la texture humide et nervurée des feuilles. Une preuve donc. Mais il pouvait être le seul à la voir. Il pouvait s'agir d'une hallucination. Comment savoir ?

Une idée fulgurante prit naissance dans son esprit. Contacter Marlène. La faire venir. Lui montrer la salade. Le verdict serait sans appel. Soit elle la voyait aussi bien que lui et tout était vrai, soit elle ne la voyait pas et il lui faudrait admettre une santé mentale défaillante. Mais il serait fixé.

Chapitre 9

Juliette remonta à la surface. Ce fut du moins l'impression qu'elle en eut. Ni sommeil, ni inconscience. Elle avait juste été ailleurs, profondément. Et à présent, c'était un retour vers la lumière, les couleurs, les sons, jusque-là étouffés. La sensation de sortir la tête de l'eau. Elle était assise sur le bord d'un lit. Ses pieds ne touchaient pas le sol ou à peine. Il lui fallut faire un effort pour prendre appui sur la pointe de ses orteils, juste pour savoir, être certaine du haut et du bas. Elle décroisa ses mains et regarda autour d'elle. Elle était dans une grande pièce rectangulaire aux murs jaunes. Une odeur de désinfectant planait dans l'air immobile. Le silence était rompu régulièrement par un soupir profond et régulier. Le lit sur lequel elle se trouvait occupait le côté opposé à l'unique fenêtre. Cachée par un drap et une sorte de couverture bleue à la texture étrange, une forme allongée reposait à ses côtés. Elle reconnut Ganymède instantanément, sans même avoir détaillé les traits du petit visage à demi masqué par un gros tube partant de sa bouche et barrant sa joue et une partie de son crâne. Il était couché sur le dos, parfaitement immobile et semblait dormir. Puis ses yeux se portèrent sur les sangles qui maintenaient ses poignets contre son corps. Et enfin, elle remarqua les tuyaux et fils reliant ses mains et son torse à d'étranges machines qui occupaient le fond de la pièce, derrière la tête du lit.

Juliette n'avait vu qu'une seule fois une chambre d'hôpital. Mais elle comprit que ce qu'elle avait sous les yeux n'avait strictement rien de commun avec ce qu'elle connaissait. Elle hésita. Un instinct animal la poussait à la crainte et à la fuite. Mais sa raison, bien que fortement ébranlée par les événements successifs, lui dictait de ne pas céder à la peur et qu'elle se trouvait en sécurité. Elle n'avait aucune idée de la manière dont elle était arrivée jusqu'ici. Pas plus qu'elle ne savait comment tout cela était possible ni à quoi servaient toutes ces étranges machines. En revanche, elle avait compris que tout était fait pour les aider. Elle acceptait de ne pas avoir de réponses pour le moment et elle renonça à se poser d'autres questions.

Elle s'avança timidement vers Ganymède. Ses yeux étaient clos, son visage affichait une expression sereine, malgré le tube transparent qui sortait de sa bouche. Les ombres violacées qui cernaient ses paupières lorsqu'il avait perdu connaissance avaient été remplacées par un teint frais et rosé. Elle lui prit la main, glissa ses doigts dans les siens. Ils étaient chauds et secs. Un sourire se dessina sur ses lèvres fines.

On la toucha. Sur son épaule. Elle ne se retourna pas toutefois. Elle avait perçu bien avant que l'on s'approchait d'elle. Une vague de chaleur la traversa jusqu'au cœur, mais cette fois, elle n'éprouva aucune angoisse ni douleur. La présence bienveillante derrière elle l'envahit. Elle le reconnut sans le voir. Ses traits se dessinèrent dans sa tête. L'homme qui était venu la chercher dans la nuit.

— Nous le soignons. Il va déjà beaucoup mieux.

— Oui, je vois. Est-ce qu'il dort ?

— Plus ou moins. Il est encore dans l'entre-deux.

— Qu'est-ce que c'est ?

— C'est un endroit où il peut se reposer, reprendre des forces, avant de revenir.

— C'est là où j'étais, avant d'être assise là ?

— Non. Toi tu étais juste dans le *Passage*.

— Ah.

Elle aurait voulu approfondir, mais une question se fit plus impérieuse et supplanta toutes les autres.

— Où sommes-nous ? C'est… si étrange ici.

— Dans la Zone Grise. Mais la question serait plutôt « quand sommes nous ? » je crois, dit-il doucement.

Il fit quelques pas, attrapa une chaise et s'assit à califourchon en face d'elle.

— Nous avons voyagé dans le temps, c'est cela ? demanda-t-elle, à cheval entre incrédulité et émerveillement. Comme lorsque nous sommes partis de l'Institution ?

— Pas tout à fait. C'est juste un peu plus compliqué, un peu plus… loin.

— Mais alors, c'est quand, maintenant ?

— Attends, je vérifie.

Il se retourna et sembla chercher quelque chose du regard sur les murs. Il y eut un bruit de pas derrière Juliette. Oberon s'approcha d'elle, tenant dans la main une feuille cartonnée.

— C'est ça que tu cherches ?

— Oui, merci Oberon.

Il le tendit à Juliette. Le carton semblait vierge. Aucune inscription n'était visible.

— Pose ta main bien à plat.

Elle appliqua sa paume largement ouverte. Elle eut un léger mouvement de recul. La surface était gélatineuse et froide. Ses doigts s'enfoncèrent à travers.

— Mais… c'est quoi ?

Des chiffres apparurent devant elle, flottant dans le vide. Elle lut à voix haute, lentement, sans toutefois comprendre le sens des mots.

— 8.8.8.8.8

— 88888.

— C'est… c'est impossible.

— Pourquoi ?

— Parce que nous sommes en 1951.

— Non, pas vraiment.

— Expliquez-moi, s'il vous plaît…

Elle avait levé la tête vers lui, cherchant sur son visage les réponses qu'il ne lui donnerait pas. Mais il semblait ailleurs, le regard lointain. Elle prit le temps de le regarder. La veille - mais ce mot n'avait au fond aucune signification - il n'avait été qu'une ombre aux contours flous. Elle n'avait que le souvenir d'un homme grand à la bienveillante aura. Il était bien plus âgé qu'Oberon. Il avait les cheveux gris bouclés, le teint mat. Ses deux yeux couleur d'ambre semblaient s'être dissouts dans un ailleurs inconnu.

Dites-moi où nous sommes, s'il vous plaît.

Juliette plongea son regard dans le sien avec conviction. Cette fois, il ne parvint pas à lui échapper et elle éprouva une sorte de frisson généralisé. Elle comprit qu'elle avait à son tour créé le lien. Cela lui avait semblé naturel, mais elle en retira une grande fierté.

Je te l'ai déjà dit, dans la Zone Grise.

Chapitre 10

Ce que Callie savait d'elle-même, elle l'avait construit tout au long de ces années. Plus rien de ce qu'elle était vraiment au départ n'avait subsisté. Elle avait fini par oublier. Si on avait voulu lui arracher de force une confession, elle n'aurait rien eu à dire, même sous les plus intenses tortures. Naïvement, elle avait cru que ce serait une protection infaillible. Qu'elle était devenue quelqu'un d'autre, que ce qu'elle était à présent était la vraie Callie ou que Callie était le vrai personnage qui habitait ce corps. Elle avait choisi. Quelque part, elle en retirait une immense fierté. Tout le monde était le pur le produit de sa naissance. Pas elle. D'ailleurs, ce mot-là n'avait pas la moindre signification pour elle.

Il lui semblait avoir tout prévu pour que cela dure éternellement. Elle n'avait pas envisagé un seul instant qu'elle puisse s'être trompée. Pourtant, au fur et à mesure que son véhicule avalait les kilomètres sur la route qui était censée l'emmener à la plage, elle se rapprochait inexorablement d'un autre destin.

Elle quitta la nationale. Il lui restait encore quelques minutes de trajet avant d'atteindre sa destination. Elle se sentait bien. C'était une belle journée. Elle suivait à présent une file discontinue de voitures qui semblaient se rendre au même endroit qu'elle. Quoi de plus normal ? Elle alluma la radio, écouta vaguement une chanson à la mode en tapotant son volant du bout des doigts. Elle se remémora en souriant l'expression de Louis lorsqu'elle lui avait dit qu'il lui faudrait non seulement changer la serrure, mais aussi la porte et les murs. Elle avait le don de dire des choses improbables sur un ton très sérieux, ce qui déstabilisait immanquablement son interlocuteur. Elle aimait bien cette facette de sa personnalité. L'idée qu'elle puisse être une sorte d'énigme pour les *Autres*.

Un silence soudain attira son attention. La radio avait cessé d'émettre. Elle pesta intérieurement. Puis son regard se posa sur la zone du pare-brise indiquant la station. Un message clignotait.

Aucune fréquence disponible

Elle releva brutalement la tête et fixa la route. Elle s'était laissé distraire. Bien sûr, sa voiture disposait d'un système de prévention des collisions, mais cela ne la dispensait pas d'être vigilante. Mais la route était à présent déserte. Cela l'intrigua. Il n'y avait pas eu de carrefour pour expliquer cette soudaine solitude. Et son régulateur de vitesse n'avait pas été désactivé, elle circulait toujours à 70 km/heure. Sans doute les autres automobilistes avaient-ils accéléré imperceptiblement jusqu'à ce qu'elle les perde de vue sans qu'elle ne s'en rende compte. C'était l'hypothèse la plus vraisemblable. Et aussi la plus rassurante. Mais au fond d'elle, elle n'y croyait pas. Il y avait quelque chose d'autre. Quelque chose d'anormal, sans qu'elle ne puisse dire quoi. Elle ralentit. La luminosité avait changé. Il lui semblait que le soleil était plus vertical.

La température extérieure avait augmenté. Il faisait presque trente degrés Celsius à présent. Or, et elle en était absolument certaine, il faisait seulement vingt-quatre degrés lorsqu'elle avait quitté la nationale, à peine quelques minutes plus tôt.

Un trouble inexplicable l'envahit. Quelque chose se passait ou venait de se passer. C'était une sensation fruste et mouvante. Il lui sembla aussi que son environnement avait changé. Elle avait du mal à situer l'endroit où elle se trouvait. Jusque-là, les talus bordaient de grands champs vides, moissonnés pendant l'été. A présent, elle longeait des pâturages encore verts, à l'herbe haute et foisonnante.

Mais nous ne sommes pas au printemps…

Tout semblait différent. Des arbres se dressaient ça et là. Pourtant, elle était certaine de ne les avoir jamais vus auparavant. Elle tenta de se rassurer. Après tout, elle avait simplement pu ne pas les remarquer. Lorsqu'elle conduisait, elle n'avait pas le temps d'admirer le paysage. Mais la végétation ne correspondait pas à la saison. C'était une certitude. Elle n'aurait pas pu décrire le sentiment de malaise qui l'habitait. Mais il était omniprésent. Elle finit par s'arrêter sur le bord de la route. Elle descendit de la voiture et regarda autour d'elle. Elle était toujours seule. Elle n'avait plus aperçu de véhicule depuis un certain temps. L'air était immobile. Il n'y avait pas un bruit. Même pas un chant d'oiseau ou le bruissement de l'herbe. Tout semblait figé. Le paysage avait des allures de vaste poster en trois dimensions. Elle en était le seul élément vivant. Du moins, c'est l'impression qu'elle eut. Un frisson désagréable la parcourut, glaçant sa nuque.

Elle se trouvait au pied d'une légère côte. Elle ne distinguait pas l'horizon. Il fallait aller voir ce qu'il y avait derrière. Cela mettrait sans doute fin à ses inquiétudes. Oui, c'était cela qu'il fallait faire. Et de l'autre côté se trouvait très certainement la vie, tout simplement. Celle des gens normaux qui allaient à la plage en voiture un soir de septembre. Elle marcha droit devant elle. Mais une fois au sommet, il n'y avait toujours rien, ni personne. Juste un panorama vide et pétrifié. Inquiète, elle décida de faire demi-tour et de continuer sa route. Elle arriverait forcément à destination et tout redeviendrait normal, absolument normal. Elle allait boucler sa ceinture lorsqu'elle entendit le claquement d'une portière. Derrière elle. Très proche. Peut-être à peine quelques mètres.

Elle se retourna. Mais elle ne distingua rien. Puis il y eut le bruit d'un moteur au démarrage.

Le son sembla se rapprocher. Pourtant, aucun véhicule ne se profila à l'horizon. Une peur violente la submergea brutalement. Elle inséra la carte magnétique qui faisait office de clé dans la fente de démarrage. Sur son pare-brise, un message d'erreur apparut, indiquant un dysfonctionnement moteur. Haletante, elle referma sa portière et verrouilla la fermeture centralisée. Le bruit était de plus en plus proche. Quelque chose arrivait à sa portée, mais elle ne voyait pas quoi. En apparence, il n'y avait rien. Seulement en apparence.

Elle distingua un voile opaque dans son rétroviseur. Un rideau de brume blanche et brillante. Le brouillard se rapprocha. Inexorablement, le paysage disparaissait au fur et à mesure qu'il l'engloutissait. Il n'était plus qu'à quelques mètres d'elle à présent. Callie tremblait, elle sentait son cœur galoper dans sa poitrine, cogner partout sous sa peau. Elle n'avait aucune idée de ce dont il pouvait s'agir. Qu'adviendrait-il une fois qu'elle serait dans la brume ? Elle fut saisie de panique lorsque le rideau blanc enveloppa la voiture. Une fraction de seconde, elle envisagea de sortir et courir droit devant elle. Mais elle n'aurait pas davantage de chance de survie qu'en restant à l'intérieur si cette chose était dangereuse. Elle aurait juste voulu échapper à la peur. Et avec elle, à cette insupportable impuissance.

Attendre.

« Non ! » cria-t-elle de désespoir lorsque l'horizon disparut devant elle, avalé dans le brouillard. Elle ferma les yeux. Elle ne voulait plus voir, ne pas savoir ce qui allait lui arriver. Elle resta ainsi de longues secondes, le souffle court, les paupières plissées, le visage figé dans un rictus d'angoisse, attendant l'inimaginable. Mais il n'y eut rien d'autre qu'un silence assourdissant. Elle attendit encore. Une poignée de secondes. Une éternité.

Ce fut la lumière plus vive qui l'incita à regarder à nouveau autour d'elle, traversant ses paupières. La brume semblait s'être dissipée. Le soleil perçait à nouveau à travers les vitres, inondant de chaleur l'habitacle. Le paysage avait réapparu. Tout semblait normal.

Elle étendit ses bras sur le volant et s'écroula en expirant profondément, les yeux clos. Elle ne se souvenait pas avoir éprouvé une telle peur de toute son existence. Elle se demanda ce qui avait bien pu se passer. Peut-être était-ce seulement le produit de son imagination ? Elle arrêta là sa réflexion. Pas question de faire le lit d'une autre angoisse en s'interrogeant sur son état mental. Revenir. Revenir à tout prix dans la normalité et reprendre le cours des choses. Et tout cela ne serait qu'un vague cauchemar vite oublié.

Elle releva lentement la tête et regarda devant elle. Une voiture était stationnée à une dizaine de mètres, de l'autre côté de la route. Puis son regard fut attiré par une forme massive dans le fossé, à quelques mètres d'elle cette fois. Un véhicule était couché sur le bas-côté.

Le brouillard avait sans doute causé un accident. Quoi de plus banal que les affres de l'existence finalement ?

Ses dernières craintes s'effondrèrent. Peut-être y avait-il des blessés ? Elle descendit de sa voiture et s'avança. Deux hommes marchaient dans sa direction. Sans doute les témoins directs de l'accident. Elle leur adressa un signe, mais ils ne semblèrent pas le remarquer et n'y répondirent pas, continuant d'avancer vers elle. Elle allait leur dire quelque chose lorsqu'elle aperçut une silhouette allongée par terre, pratiquement à ses pieds.

Un homme était étendu au sol, sur le dos. Il portait une chemise bleu ciel galonnée aux épaules et sur sa poitrine, à droite, un écusson cousu indiquait « gendarmerie nationale ». Elle remarqua l'auréole brunâtre qui envahissait peu à peu le tissu depuis son épaule jusqu'au milieu de son thorax. Il ne bougeait pas, mais gémissait faiblement.

Callie avait quelques notions de secourisme, mais l'état de l'homme accidenté lui semblait dépasser de loin ses compétences. Elle chercha son téléphone dans la poche de sa veste. La première chose à faire était de prévenir les secours. C'est à ce moment précis que le mur qu'elle avait patiemment construit autour d'elle pendant toutes ces années s'effondra comme un château de cartes.

———

Antoine attrapa son téléphone portable, abandonné sur le plan de travail en rentrant. Il avait une boule au ventre. Comment réagirait-elle ? Il l'avait quittée à quelques heures à peine auparavant, après une unique et très brève rencontre, parfaitement inopinée, si on exceptait bien sûr le destin. Et il faisait nuit à présent. Elle aurait toutes les raisons de se méfier. C'était bien trop prématuré. Des *Autres,* Antoine avait appris cela. Ne pas précipiter les choses.

Il regarda encore une fois la salade débordant du plat. Il aurait été logique d'attendre le lendemain. Elle serait toujours là. Et si par hasard, elle avait disparu, il lui suffirait d'aller en chercher une autre dans le refuge, puisqu'il avait à présent compris comment duper le système de sécurité. Sauf qu'il n'était pas sûr d'être capable de passer une nuit sans savoir s'il divaguait vraiment ou non. Il regarda sa montre et se rendit compte qu'il avait du mal à distinguer les aiguilles sur le cadran. Il alluma la lumière. 22h40.

Définitivement, cela ne se faisait pas d'appeler une quasi-inconnue à cette heure et encore moins pour lui proposer de venir pour un tel motif. Mais il n'était pas sûr d'avoir tout son libre arbitre pour se plier aux conventions sociales.

Il chercha le numéro dans le répertoire de son téléphone. Ce ne fut pas très difficile. Marlène était la seule personne qui y figurait. Il n'eut pas vraiment le temps de se pencher sur la question, mais il en éprouva une étrange sensation.

Pas normal.

Au bout de trois sonneries, elle décrocha. Il n'eut pas le temps de dire quelque chose.

— Antoine ?

— Oui.

— Je savais que tu allais appeler, dit-elle doucement.

— Pourquoi ?

— J'en avais envie.

Il ne sut quoi répondre. Les secondes muettes défilèrent. Finalement, elle reprit.

— Antoine ? Tu es toujours là ?

— Oui.

— Parle-moi alors.

— Je voudrais que tu viennes chez moi. Il y a quelque chose que je voudrais te montrer.

— Maintenant ?

— Oui. Mais je comprendrais que…

Elle ne lui laissa pas le temps de finir sa phrase.

— D'accord. Tu peux me donner ton adresse ?

— Inutile, je t'envoie un taxi.

— Comme tu voudras. J'attendrai à l'entrée du chemin côtier.

Puis elle raccrocha immédiatement. Il aurait voulu lui expliquer, se justifier. Mais elle ne lui en avait pas laissé le temps. Il fallait trouver un taxi. Mais il n'avait pas d'annuaire et il ne se rappelait pas en avoir vu dans les placards de la maison. Un peu désemparé, il lui fallut quelques minutes pour réaliser qu'il lui suffisait d'appeler les renseignements depuis son mobile. Il allait s'exécuter quand il fouilla machinalement dans la poche de son jean. Ses doigts rencontrèrent un morceau de papier. Il le sortit et le déplia précautionneusement. Le message avait subi un passage à la machine à laver. Il avait la texture d'un papier buvard. Le texte était sérieusement décoloré. Mais il put lire parfaitement les quelques mots, soigneusement écrits à l'encre bleue.

« Je suis TOUJOURS là. Il suffit de m'appeler. Oberon »

Il fronça les sourcils. Il se souvenait parfaitement du moment où il était entré en possession du message. Gaël lui avait glissé le papier dans la main, à l'insu de Martinon et Lafargue, le jour où il avait visité et décidé d'acheter cette maison. Mais il l'avait immédiatement oublié. Intrigué, il le retourna plusieurs fois, cherchant autre chose, qui aurait pu être effacé par l'eau. Il ne trouva rien. Tout se bousculait dans sa tête à présent. Il était pressé par la nécessité d'envoyer un taxi récupérer Marlène. Mais qui était Oberon ? Gaël lui-même ? Ou était-il seulement le messager ? Et comment appeler quelqu'un dont on ne connaissait ni le nom de famille, ni le numéro de téléphone ?

Tu n'as pas besoin de ça. Tu sais comment faire.

La voix avait résonné dans sa tête. Douce. Bienveillante. Ne pas répondre. Ignorer. Elle n'était sans doute qu'une émanation de sa conscience un peu malmenée. Il fit un effort bref de concentration, rassembla sa volonté. Il fallait trouver un taxi pour Marlène. Le reste était secondaire, du moins pour l'instant. Il allait appeler les renseignements lorsqu'il se souvint qu'il ne connaissait pas son adresse. La seule solution qui lui restait était donc d'aller la chercher lui-même.

Chapitre 11

Ganymède ouvrit les yeux. Cette fois, ce fut sans peine. Il n'y eut pas de lumière pénible. Pas de souffrance. Pendant quelques minutes, il ne bougea pas, se contentant d'écouter son souffle profond et régulier avec intérêt. L'endroit où il se trouvait était plongé dans l'obscurité et le silence. Il était couché sur le côté, son bras droit étendu sous l'oreiller. Ses mains étaient libres de tout lien et plus rien n'entravait sa respiration. Les seuls vestiges de son état antérieur étaient des pansements légers autour de ses poignets. Il se redressa dans son lit, attrapa l'oreiller, le remonta et s'allongea sur le dos. Il était bien. Il avait chaud. Pour la première fois depuis très longtemps, il avait la sensation d'être en sécurité.

Il n'avait aucune idée de l'heure qu'il était, encore moins de la date. Il avait conscience que du temps s'était écoulé, mais il lui semblait qu'hier il était encore malade et fiévreux. Beaucoup de choses s'étaient sans doute passées depuis cet événement. Le souvenir de son premier réveil remonta à la surface. L'endroit inconnu. L'implacable lumière. L'homme à ses côtés. Curieusement, cela ne lui évoqua rien de pénible.

Un simple passage.

Il se rappela des petites filles dans le jardin. Il n'était pas certain de la réalité de l'expérience, mais au fond de lui, le souvenir résonna comme quelque chose de vécu. Qui étaient-elles, il n'en avait pas la moindre idée. Elles n'étaient pas encore nées. C'est ce qu'elles avaient dit. C'était complètement impossible. Une sorte de rêve. Un délire de fièvre. Peut-être un passage avant la mort. Mais il s'était ensuite réveillé dans un endroit qui n'existait pas. Sauf dans les livres de science-fiction. Et il savait qu'il se trouvait encore en ce lieu, bien que cela fut différent. Une certaine excitation le gagna. Jusque-là, il s'était laissé porter par les événements. Il avait à présent une soif ardente de comprendre ce qui se passait. Il fallait aller voir.

Ses yeux à présent habitués à l'obscurité, il distinguait parfaitement les contours de son environnement. Il était couché sur un lit, recouvert par une couverture légère et douce. Il se rappela qu'elle était bleue, mais dans la pénombre, elle apparaissait grise. La pièce était plus petite que celle dans laquelle il avait repris conscience la première fois et les étranges machines avaient disparu. Il était seul.

Il repoussa les draps, se tourna et s'avança au bord du lit, les jambes pendantes dans le vide. Il se tendit, cambra les reins, espérant toucher le sol avec la pointe de ses orteils. Mais il était trop petit et se contenta de brasser l'air. Un peu inquiet, il se laissa glisser lentement le long du matelas. Ses pieds nus entrèrent en contact avec une surface froide et dure. Il dut se raccrocher aux couvertures pour ne pas s'écrouler lourdement, surpris par le poids de son propre corps sur ses jambes encore incapables de le porter.

Tremblant d'effort, le cœur battant, il tenta de remonter sur le lit. Mais il glissa davantage, entraînant avec lui les draps. Il s'affala doucement sur le sol, un peu étourdi. Il allait essayer de se relever lorsque la porte s'ouvrit doucement, faisant entrer une lumière orangée en même temps qu'une silhouette fine.

— Tu ne t'es pas fait mal ? dit une voix féminine empreinte de gentillesse.

— Non madame. Je voulais juste me lever. Pour voir.

— Je crois que c'est un peu tôt. Tu es encore très faible.

Elle s'était approchée, s'était accroupie à ses côtés et de sa main gracile, elle parcourait son front en soulevant ses cheveux. Puis ses doigts glissèrent le long de son visage, suivant ses contours.

— Il faut retourner te coucher maintenant. Je vais t'aider.

— Oui madame.

Il chercha son regard, mais elle baissa les yeux. Dans la semi-pénombre, il ne distinguait pas bien ses traits. Mais elle lui sembla jeune, avec de longs cheveux ondulés tombant sur ses épaules. Et surtout, elle ne cessait de sourire.

— Qui êtes-vous ?

— Cela n'a pas d'importance. Passe ton bras autour de mon cou.

Elle le souleva doucement puis le posa sur le lit et rabattit drap et couverture sur lui. Puis elle s'assit à ses côtés.

— Tu es aussi lourd qu'un moineau ! Dit-elle en riant doucement. C'est tellement… improbable…

— Pourquoi ?

— C'est difficile à expliquer. Je ne suis pas sûre de le savoir non plus.

— Où sommes-nous ?

— Dans la Zone Grise.

— Ah. Mais c'est quoi ?

Elle le regarda avec tendresse.

— Je crois que tu en sais plus que moi, Ganymède.

— Je ne me rappelle de rien. Je ne sais pas de quoi vous parlez.

Une larme avait perlé au coin de son œil. Elle roula lentement le long de sa joue.

— Vous pleurez ?

D'un geste délicat, elle s'essuya le visage.

— Ne t'inquiète pas, c'est juste l'émotion.

— Je vous connais ?

— Oui. Enfin, pas tout à fait.

— Vous allez partir ?

— Oui. Et toi aussi tu vas t'en aller.

— Vous reviendrez ?

— C'est toi qui vas venir me chercher.

Elle se leva, se dirigea vers la porte restée ouverte. Elle allait en franchir le seuil, mais elle se ravisa et revint vers lui. Elle porta deux doigts à ses lèvres puis les posa sur les siennes pour y déposer un baiser.

— Bonne nuit Ganymède. Je t'aime très fort.

— Bonne nuit madame. Comment vous vous appelez ?

Elle hésita quelques instants.

Marlène.

Puis elle sortit et referma doucement la porte derrière elle. Il entendit ses pas s'effacer dans le couloir puis la lumière qui filtrait encore dans les interstices de l'embrasure disparut. L'air sembla se figer. Il sentit qu'il glissait hors de quelque chose. De lui. Et il n'y eut plus rien. Tout changea.

Chapitre 12

Il ne fallut pas plus de quelques secondes à Callie pour comprendre. Les deux hommes ne la voyaient pas. Parce qu'elle était invisible pour eux. Elle n'était qu'un témoin muet et impuissant. L'homme le plus vieux fouillait soigneusement le véhicule accidenté. Il récupéra quelques feuilles de papier éparpillées. Elle s'approcha de lui. Avança sa main pour le toucher. Mais ses doigts glissèrent à travers son bras. Elle semblait transparente. Ou alors était-ce l'homme qui l'était.

C'est peut-être un rêve. Seulement un rêve.

Elle sentait le sol dur et le relief du goudron sous ses pieds. L'air chaud, transporté par la brise, balayait ses cheveux blond cendré sur ses joues. L'atmosphère était chargée d'odeurs d'herbe de printemps. Mais à part ses propres bruits de pas et le vent dans les feuilles des arbres, tout était silencieux. Son attention se porta vers l'autre homme. Il s'était penché sur le gendarme accidenté. Il murmura quelque chose qu'elle n'entendit pas. Elle comprit qu'elle n'appartenait pas à la scène qui se jouait sous ses yeux.

Je ne suis pas un meurtrier.

Il n'y a pas d'alternative.

Les mots avaient résonné dans sa tête. Les deux hommes œuvraient chacun de leur côté. Ils ne s'étaient pas adressé la parole. Ils n'avaient pas même échangé un regard. Mais elle avait accès à leurs pensées. Dans un langage qu'elle aussi pouvait entendre. Et lorsque l'homme se pencha davantage sur le blessé, elle comprit.

À partir de là, il y eut un avant et un après.

La Callie d'avant aurait vainement tenté de « *faire quelque chose* ». Mais elle n'était plus celle-ci. Elle était morte sur cette route de campagne, avalée dans la brume scintillante. Elle était la Callie d'après, celle qui avait émergé du brouillard. Et probablement la Callie *d'avant celle d'avant*. Si elle se refusait à agir, ce n'était pas simplement parce qu'elle en avait saisi l'impossibilité en même temps que l'incongruité. Elle n'éprouvait aucune empathie pour l'homme agonisant sur le bord de cette route déserte. Il n'existait pas dans son propre espace-temps. Et sa mort remontait sans doute à une époque où elle était enfant, en témoignait l'obsolescence des véhicules.

Elle ne pouvait rien empêcher. La scène à laquelle elle assistait n'était qu'une réminiscence du passé. Elle ne pouvait pas expliquer d'où provenait cette certitude. Mais elle était en elle, l'avait submergée à l'instant même où elle en avait pris conscience. Elle n'avait ni l'envie, ni le pouvoir de lutter contre.

Tout remonta à la surface et implosa, comme une grosse bulle d'air longtemps emprisonnée.

Je suis dans la Zone Grise. C'est pour cela qu'ils ne me voient pas. Eux sont dans leur espace-temps.

Son cœur bondit dans sa poitrine. Elle eut une vague sensation de malaise. Les mots étaient venus, simplement, comme des souvenirs longtemps oubliés. Ils n'avaient pas encore de signification consciente, mais ils étaient là, brûlants.

Il faut sortir de la Zone Grise. Mais c'est quoi, la Zone Grise ? Et comment faire ?

Elle tenta de rassembler les pensées qui arrivaient pêle-mêle dans sa tête. Tout resta confus, comme si elle s'était trouvée au milieu d'une foule immense et bruyante. Puis quelque chose d'humide et chaud frôla ses mollets nus. Elle baissa les yeux. Un chat. Un chat noir à la fourrure luisante et poisseuse. À son cou, un collier de cuir rouge au bout duquel pendait un médaillon doré. L'animal se frotta contre elle, passa et repassa entre ses jambes. Enfin, il s'arrêta, leva la tête et la regarda d'un air interrogateur. Un court instant, elle se demanda s'il était bien réel. Mais elle sentait son corps tiède et ondoyant glisser contre ses jambes. Le chat pouvait également la voir. Elle se pencha. Lui caressa la tête. Elle avait besoin d'être sûre. Parce qu'elle n'avait plus aucune certitude. Il ne restait que la partie émergée des choses les plus simples.

Le félin la délaissa brutalement. Les deux hommes retournaient à leur voiture. Il franchit une frontière invisible puis se mit à trottiner dans leur direction, la queue dressée comme un serpent. L'homme le plus jeune ouvrit la portière à son intention. L'animal sauta à l'intérieur et s'installa sur la plage arrière. Callie regarda leur véhicule s'éloigner puis ils disparurent soudainement, absorbés dans le paysage.

Ils ont changé d'espace-temps.

Elle était à présent seule. Le gendarme mort avait lui aussi disparu ainsi que son véhicule, sans doute en même temps que la voiture avec les deux hommes et le chat noir à bord. Il n'y avait plus aucune trace de ce qui s'était passé sous ses yeux, plus aucune preuve qu'à un moment donné, les choses avaient été telles qu'elle les avait vues. Machinalement, elle consulta sa montre. 23 heures 15. Impossible. Le soleil était presque vertical. Il devait être pas loin de midi.

Ou alors 11 heures et quart…

Elle n'avait pas pensé un instant que le temps matériel des horloges ait pu la suivre jusque-là. Ici. Dans cet endroit sans existence, tunnel entre deux mondes supposés.

Probablement l'avait-elle su. Avant. Quand elle savait tout. Elle se tourna vers sa voiture. Elle n'avait pas la moindre idée de la manière de sortir de la *Zone Grise*. Pas plus que la façon dont elle y était entrée. Mais au fond d'elle, elle savait qu'elle détenait la réponse.

C'est encore trop loin.

Elle se sentait seule. Comme jamais elle ne l'avait été, même lorsqu'elle était au milieu des *Autres* dans la peau de la Callie d'Avant. Elle était prisonnière. D'une émanation virtuelle de son propre monde. Elle avait compris qu'il était inutile d'espérer sortir de la *Zone Grise* en démarrant simplement sa voiture et en roulant droit devant elle. Elle était dans une boucle infinie, elle ferait donc inlassablement le même trajet. Elle aurait voulu que les deux hommes la voient. Elle aurait voulu les suivre où qu'ils l'aient emmenée avec eux. Peu importe qui ils étaient et où ils allaient. Ils étaient des *Siens*. Et à présent, elle éprouvait la cruelle brûlure de l'abandon.

Elle remonta dans son véhicule. Enveloppée dans son siège, elle se sentait un peu plus apte à réfléchir. Elle regarda ses jambes. Des marques brunâtres de sang séché marbraient ses mollets, là où le chat s'était frotté contre elle. La preuve qu'elle n'avait pas rêvé. Le chat avait bien existé, contemporain du gendarme accidenté et des deux hommes. Elle grimaça. Elle se sentait subitement sale. Elle avait envie de rentrer chez elle, prendre une douche. Se débarrasser de la répugnante sensation cartonneuse collée à sa peau. Par simple réflexe, elle engagea la carte magnétique dans la fente de démarrage. À sa grande surprise, la partie inférieure de son pare-brise s'illumina et afficha les paramètres de conduite.

Alors simplement, à l'adresse de l'ordinateur de bord, elle dit :

« Sortir de la *Zone Grise*. Rentrer à la maison »

Dans un souffle, la voiture s'avança lentement et s'engagea sur la route. Elle savoura un sentiment piquant de victoire et de soulagement mêlés.

« Paramètres de destination pris en compte, arrivée approximative à destination dans vingt-quatre ans », répondit la voix hachée du GPS.

Si elle n'avait pas été si bouleversée par ce qui venait de lui arriver, Callie aurait pu éclater de rire.

Sur son pare-brise, la date et l'heure s'affichèrent.

10 mai 2007

Et décidément, elle n'eut pas envie de rire.

———

Antoine hésita, son mobile à la main. Fallait-il l'appeler pour l'avertir que ce serait finalement lui qui viendrait la chercher ? Il l'ignorait. Dans sa tête, la place qu'aurait dû occuper le mode d'emploi du « *comment faire avec Marlène* » était un casier vide aux contours étroits, mais à la profondeur infinie. Pour n'importe qui d'autre, il ne se serait posé aucune question. Il aurait puisé dans sa réserve de « conventions sociales ». Parce que cela n'avait pas d'importance. Pour elle, c'était différent parce qu'elle l'était elle-même. Et aucune des solutions toutes faites ne pouvait lui convenir.

Mais il devait prendre une décision. Les minutes avaient défilé depuis qu'il lui avait parlé et il craignait qu'elle ne finisse par s'inquiéter. Ou même qu'il puisse lui arriver quelque chose, seule et vulnérable dans la nuit des *Autres*. Il sourit. Dire qu'il la connaissait, même peu, était exagéré. Pourtant, ce qu'elle pouvait ressentir était déjà capital à ses yeux. Il finit par lui envoyer un SMS.

« Pas de taxi. Je viens te chercher. Je suis là dans 15 minutes. »

Sans attendre sa réponse, il descendit au sous-sol et monta dans la voiture. Devant lui, la porte du garage remonta lentement et lui libéra le passage. Il s'engagea dans la pente raide et accéléra un peu. Il ne regarda pas dans son rétroviseur pour vérifier que la porte se refermait derrière lui. C'était une précaution inutile. La maison communiquait avec lui et il communiquait avec elle. En son absence, elle devenait une forteresse imprenable. La rue était déserte. Il éprouva une joie intense. Plus que tout, il aimait la solitude, particulièrement nocturne. Il passa devant la maison d'Anita et jeta un rapide regard dans sa direction. Les volets étaient clos, aucune lumière ne filtrait par les interstices. Il se demanda si elle dormait déjà ou s'il était possible qu'elle l'ait entendu partir.

Il quitta l'impasse. Mais cette fois, il n'éprouva pas de nostalgie. Peut-être à cause de la nuit qui lui offrait la sensation d'être dans son monde partout où il se trouvait. Les lumières de l'éclairage public défilaient sur son visage, flashs blafards, alternant avec une obscurité profonde, à peine troublée par la lueur rouge des indications de son tableau de bord. Il se sentait bien. Un peu fébrile peut-être. Il quitta la ville et roula quelques kilomètres sur une route déserte. Le paysage ne lui offrait plus aucun repère, englouti dans la nuit, et il ne pouvait à présent compter que sur la voix artificielle et monocorde de son GPS. Parfois, brusquement éclairé par la lumière crue de ses phares, un arbre ou une maison surgissait dans son champ de vision, fantômes dérisoires du jour. Puis ils disparaissaient à nouveau dans le noir.

Il reconnut toutefois la dernière portion de trajet, une ligne droite bordée de pins maritimes aux longues silhouettes chimériques. Il s'arrêta devant la barrière en bois barrant l'entrée du chemin côtier. Les lieux étaient les mêmes, mais plus rien n'était pareil. La nuit semblait avoir avalé les énergies futiles. Ne restaient plus que les êtres qui pouvaient jouir de ces heures vraies et profondes. Il retira la clé du contact. Le moteur se tut dans un souffle. Le silence s'accapara aussitôt l'espace.

Sur sa gauche, une ombre fine marchait dans sa direction. Marlène. Elle s'approcha et se pencha pour lui parler. Il entrouvrit sa portière.

— Tu as fait vite. Je n'ai même pas eu à t'attendre, chuchota-t-elle.

— J'ai eu du mal à me décider… Je n'avais même pas ton adresse.

— Je sais. Comment as-tu fait alors ?

— Le GPS, dit-il en souriant.

— Oui, évidemment.

Elle contourna le véhicule et s'installa à ses côtés. Puis elle boucla sa ceinture. Le trajet fut silencieux. Aucun des deux ne prit la parole, chacun semblant attendre que l'autre le fasse en premier. Antoine la regarda furtivement plusieurs fois. Elle était indifférente à la route qui défilait. Pas un moment elle ne demanda où ils se rendaient. Elle semblait savoir. Pourtant, lorsqu'il se gara devant la maison, elle parut surprise.

— C'est… c'est vraiment ta maison ? chuchota-t-elle.

— Seulement depuis quelques jours.

— C'est… incroyable…

— Pourquoi ?

Elle ne répondit pas et descendit de la voiture. Dans la profondeur de la nuit, l'air s'était rafraichi et sentait le sel.

— La mer est basse, dit-elle sur un ton neutre.

La rue était faiblement éclairée par un unique lampadaire. Dans la lumière blafarde, Antoine crut apercevoir une fine larme couler sur sa joue. Mais il ne dit rien. Puis il s'approcha d'elle et l'invita à le suivre dans l'allée. La porte s'ouvrit à leur approche.

Il marqua un temps d'arrêt. Chercha son regard. Mais elle ne parut pas s'en apercevoir et continua d'avancer, la tête basse. Elle entra. Elle retira sa veste et la posa délicatement une chaise. Puis elle s'approcha des baies vitrées. Une lune brillante s'était levée, ronde comme un soleil nocturne. Les crêtes ondoyantes de la mer devenue noire miroitaient dans sa lumière pâle.

— C'est beau, dit-elle simplement.

Au bout de longues minutes, elle se retourna brutalement.

— Excuse-moi, j'étais fascinée par le spectacle.

— Le premier soir, je l'ai passé à l'endroit où tu te trouves. Je n'ai même pas pensé à m'assoir pour manger.

Il la regarda. Ses traits étaient affadis par la lumière grise. Mais quelque chose en elle lui était familier. Comme s'il la connaissait depuis longtemps.

Qui es-tu ?

Seul le silence lui répondit. Presque étranger, le son de sa voix finit par le briser.

— Tu voulais me montrer quelque chose, je crois, dit-elle doucement.

— Oui… enfin, c'est un peu… bizarre. Tu as dîné ?

— Oui.

Il alluma les spots de la cuisine. Puis il prit le saladier. La laitue s'y trouvait toujours, insolente de fraîcheur.

— Que vois-tu ?

— Une très belle salade. Pourquoi ?

— Bien. C'est juste ce que je voulais savoir.

Elle fronça les sourcils.

— C'est vraiment pour cela que tu voulais que je vienne ?

— Oui.

— D'accord. Je suppose que tu as une bonne raison ?

— Oui.

— Alors, elle n'est pas comme les autres, j'imagine.

— Exactement.

— Et ?

Elle avait presque élevé la voix.

— Tu vois cet emballage en carton ?

Elle s'approcha et le toucha, comme si elle voulait en apprécier la réalité.

— Oui et alors ?

— C'est de là que venait la salade.

— Tu veux dire…qu'elle tenait dizans la boite ? répondit-elle sur un ton incrédule. Mais comment…

Il l'interrompit dans sa réflexion.

— Elle était desséchée, lyophilisée exactement.

— Où l'as-tu trouvée ?

— C'est une autre histoire. Pour le moment, ma question principale était de savoir si oui ou non ce que j'avais sous les yeux était réel. J'avoue en avoir douté. C'est pour cela que j'avais besoin que tu viennes.

— Elle existe vraiment. Ou alors, c'est moi qui n'existe pas, dit-elle simplement.

Mais je ne me suis jamais sentie aussi vivante.

Il lui sourit. Il se sentait bien avec elle. Elle était entrée dans sa vie. Inexplicablement. Il venait d'en prendre conscience.

Elle prit la boite. La retourna sous toutes ses faces et lu les inscriptions à haute voix.

« Salade d'hiver. À réhydrater dix minutes dans un litre d'eau froide ».

Elle se tourna vers lui et désigna la salade d'un regard.

— Incroyable ! Elle a vraiment l'air … réel. Tu l'as goûtée ?

Elle n'attendit pas la réponse, déchira un morceau de feuille et le porta à sa bouche.

— Elle est très bonne. Enfin, c'est une vraie salade. Pourquoi ne l'as-tu pas mangée ?

— Je ne sais pas. Curieusement, elle me dégoûte. Je n'arrive pas à admettre qu'elle ait pu passer d'un état de bâtonnet grisâtre et sec à celui-ci. Et puis elle est tellement parfaite…

— Trop belle pour être honnête. C'est ça qui te gêne ?

Elle cassa une feuille à sa base et l'examina soigneusement. Puis elle reprit.

— J'ai des champignons noirs lyophilisés à la maison. Tu sais, ceux que l'on met dans les soupes chinoises. C'est vrai qu'ils reprennent un aspect très proche de leur état antérieur. Mais ils sont vraiment caoutchouteux. Et de toute façon, je n'ai jamais vu de salade lyophilisée dans les magasins. Tu ne veux pas me dire où tu l'as eu ?

— On pourrait peut-être se contenter d'un mystère par jour ?

— D'accord. Demain alors.

— Promis.

— Méfie-toi, je ne suis pas sourde et j'ai bonne mémoire, dit-elle en souriant.

Il l'invita à s'installer dans le canapé et s'assit à côté d'elle. Il aurait voulu lui poser des questions et qu'elle en fasse de même, mais le silence s'imposa. Toutefois, il ne ressentit aucune gêne à le laisser s'approprier l'espace. Puis la fatigue le gagna peu à peu et il ne put réprimer un bâillement. Marlène se leva.

— Tu veux que je te ramène chez toi ?

— J'aimerais bien rester ici, dit-elle simplement. Je sais, ça ne se fait pas. Mais…

Il ne la laissa pas terminer sa phrase. Il ne voulait pas entendre ses arguments pour le convaincre. Elle n'avait pas à s'abaisser à cela.

— Je vais te montrer les chambres d'ami. Tu n'auras que l'embarras du choix.

— Non, dit-elle brutalement.

Elle marqua un temps d'arrêt, cherchant son regard :

— Je voudrais dormir avec toi. Juste dormir. Mais être avec toi.

Il ne sut quoi lui répondre et se contenta de la conduire dans sa chambre. Puis il dit simplement :

— Je vais prendre une douche. Tu n'as qu'à t'installer.

Il tira la porte coulissante qui permettait d'isoler la salle de bain du reste de l'espace. Puis il se déshabilla lentement et en silence, attentif au moindre bruit. Il entendit Marlène faire quelques pas, puis le bruit des draps que l'on froisse. Cela le rassura. Un instant, il avait craint qu'elle ne veuille le rejoindre. Il aurait été déçu qu'elle ne cherche simplement à le séduire. Mais elle n'était pas là pour cela, il le savait. Il l'avait su dès la première seconde de leur rencontre sur la plage. Définitivement. L'attirance qu'il éprouvait pour elle n'était pas charnelle. C'était une sorte d'improbable fusion intellectuelle. Et en l'amenant ici puis en lui ouvrant son lit, il venait d'agréer une union étrange.

Lorsqu'il revint, la pièce était plongée dans le noir et il ne distingua d'elle qu'une forme gracile recouverte par les draps jusqu'aux épaules. Son visage était tourné vers le côté opposé au sien. À pas de loup, il fit le tour du lit et pressa le bouton qui commandait le volet roulant. Il eut un juron intérieur lorsque le ronronnement du moteur rompit le fragile silence. Mais elle ne poussa qu'un léger soupir et ne bougea pas. Alors, il se glissa doucement dans les draps et s'allongea. Il resta quelques minutes sur le dos, les yeux grands ouverts, cherchant du regard un point imaginaire au plafond. La situation était parfaitement surréaliste. Il l'avait rencontrée quelques heures plus tôt sur une plage. Elle était à présent dans son lit, leurs corps presque nus, à quelques centimètres

l'un de l'autre. Et elle s'était abandonnée à un sommeil
confiant, à ses côtés, sans même le connaître.

Elle n'est pas des nôtres.

Il chassa la voix intérieure d'un revers de pensée avant de
se laisser couler dans un silence rêveur.

Chapitre 13

Juliette fut tirée de son sommeil par le bruit d'une porte que l'on referme. Elle n'identifia pas immédiatement la nature du son et attendit sans bouger, espérant se rendormir aussitôt. Puis, à mesure que les brumes du sommeil s'estompaient, elle prit conscience de son environnement. Elle se trouvait dans sa chambre. A la faible lueur d'une veilleuse branchée au bas du mur, elle distingua les contours de la grande armoire qui touchait presque le plafond, où étaient rangés ses vêtements. Juste à côté, une petite table et une chaise. Les souvenirs revinrent. À tâtons, elle chercha l'interrupteur de la lampe de chevet. La luminosité vive lui fit plisser les yeux. Pendant une poignée de secondes, elle ne vit plus rien.

Elle regarda l'heure affichée sur le réveil. Trois heures vingt-quatre du matin. Elle aimait bien observer le défilement des chiffres jaunes fluorescents inscrits à l'horizontale. Cela la fascinait. Elle avait l'impression d'être dans un roman de science-fiction, à bord d'une fusée spatiale perdue dans un espace infini. Elle avait compris qu'elle évoluait dans un temps différent de celui dans lequel elle avait vécu jusque-là, parmi les *Autres*. Elle ne s'expliquait pas comment c'était possible. Mais quoique la partie rationnelle de sa conscience puisse en penser, elle était bien une jeune fille de quinze ans née en 1936 propulsée quelque part, dans un temps indéterminé. Du moins, c'était l'explication qu'elle avait accepté de tenir pour vraie.

Les deux premiers jours, elle les avait passés dans un état cotonneux, comparable à l'idée qu'elle se faisait du mal de mer - elle n'était jamais montée dans un bateau. Tout semblait bouger autour d'elle, les lignes horizontales et verticales se déformaient et elle avait l'impression d'être dans un manège tournant au ralenti. Il lui avait fallu lutter contre les nausées. Souvent, elle finissait par s'allonger. Parfois, le sommeil l'emportait. Elle ne le sentait pas toujours venir et elle se réveillait assise sur une chaise. Mais ce n'était pas angoissant. Sans doute avait-elle besoin d'un temps d'adaptation. Peu à peu, les sensations ébrieuses avaient disparu.

Elle passa beaucoup de temps à veiller Ganymède, guettant le moindre signe de reprise de conscience de sa part. Elle s'installait sur le bord du lit, face à lui, les jambes pendantes dans le vide et lui parlait. Parfois elle le touchait, prenant sa main et la caressant doucement. Malgré la profondeur de son sommeil et l'absence totale de réaction, elle était persuadée qu'il l'entendait et mémorisait chacune de ses paroles. Elle voulait lui éviter de se sentir désemparé à son réveil. Elle lui avait expliqué tout ce qui s'était passé depuis la nuit du 15 octobre 1951.

Mais elle commençait à s'ennuyer un peu. Son univers se limitait à quelques pièces : une salle à manger où elle prenait ses repas le plus souvent seule, sa chambre, celle de Ganymède et un long couloir à l'extrémité duquel se trouvait une mystérieuse porte, qu'on lui avait enjoint de ne franchir sous aucun prétexte, pour sa propre sécurité. Il n'y avait pas de fenêtre donnant sur le dehors. Elle n'avait pas la moindre idée du temps qu'il faisait, ni de la saison. Aucun bruit ne filtrait de l'extérieur. L'air qui circulait provenait d'une sorte de générateur dont le ronronnement permanent lui était devenu familier. Oberon venait parfois. Il était probable qu'elle était ici dans une sorte de zone de transit, un passage intermédiaire pour les personnes comme elle, qui étaient hors de leur espace-temps d'origine. Du moins était-ce l'idée qu'elle s'était faite. Et elle pensait que les réponses qu'elle attendait se trouvaient dehors, de l'autre côté du temps. De sa solitude étaient nées ces réflexions. Elle ne se sentait toutefois pas prisonnière. Si elle l'avait été, la porte aurait été tout simplement fermée à clé. Personne ne surveillait ses occupations, ni ses allées et venues. Elle n'était pas non plus abandonnée. La Conscience Collective était là. Veillant sur elle et Ganymède. Attentive aux moindres demandes.

Avec le manque d'occupation, la porte interdite était de plus en plus attirante. Lorsqu'elle empruntait le couloir, pour se rendre d'une pièce à une autre, elle la regardait systématiquement. Elle espérait toujours qu'elle soit restée ouverte. Qu'elle pourrait entrevoir quelque chose. Elle n'avait pourtant aucune intention de désobéir. On lui faisait confiance. Elle aurait juste aimé savoir ce qui se trouvait derrière. Était-ce la porte par laquelle Ganymède et elle étaient entrés ? Ou alors était-ce celle de la pièce aux étranges machines où avait été soigné Ganymède ? Elle n'en avait pas la moindre idée. Alors, elle essayait de reconstituer le puzzle des événements depuis son arrivée, le 16 octobre 1951.

Lorsqu'elle avait demandé où elle se trouvait, on lui avait dit qu'elle était dans la Zone Grise.

D'habitude, ces pensées l'obnubilaient. Mais cette fois, elle ne put réprimer un bâillement. Elle avait à nouveau envie de dormir. Elle éteignit la lumière. Puis elle se tourna sur le côté et tira la couverture sur elle. Elle allait fermer les yeux lorsqu'un rai de lumière attira son attention. Elle ne comprit pas immédiatement d'où cela provenait. Il lui fallut quelques secondes. Quelqu'un avait déclenché l'éclairage automatique du couloir. Elle tendit l'oreille. On marchait. Un pas léger, presque imperceptible. Les bruits se rapprochèrent. Par réflexe, elle se recroquevilla sous la couverture, ne laissant émerger que ses yeux. On s'était arrêté devant sa porte. L'ombre de la silhouette masquait partiellement la lumière.

Juliette sentit son cœur s'accélérer. La personne qui attendait devant sa chambre lui était inconnue, elle le sentait. Elle avait peur. Il y avait quelque chose d'anormal. Elle retint son souffle. Elle aurait voulu appeler au secours, mais aucune pensée ne se forma dans son esprit, pas plus que le moindre son ne sortit de sa bouche grande ouverte.

La silhouette resta immobile d'interminables secondes. Sans doute hésitait-elle. Puis elle s'effaça, cédant la place à la lumière et les pas s'éloignèrent. Juliette perçut nettement le bruit d'une poignée que l'on abaisse et un léger souffle. La porte interdite était ouverte.

Oubliant la peur, elle se leva d'un bond hors du lit. Elle voulait savoir. Plus que tout.

Chapitre 14

Sans regarder ce qu'elle faisait, Callie appuya son index contre l'écran tactile intégré au dessus de son volant. Il y eut un son de cloche grave. La commande avait échoué. Un message en transparence s'afficha sur le pare-brise.

« Pilotage automatique indisponible. Zone non balisée »

Elle soupira. Elle était fatiguée. Ses mains tremblaient. Il lui semblait qu'elle roulait sur cette route depuis très longtemps. Elle regarda l'heure.

11 h 40.

Des larmes d'épuisement et de découragement mêlés montèrent. Elle commençait à douter de sa capacité à sortir de la *Zone Grise*. Seulement quelques minutes s'étaient écoulées depuis la dernière fois où elle avait consulté l'horloge alors qu'elle lui semblait qu'elle roulait depuis des siècles. Elle se sentait seule. Las, elle décida de s'arrêter un peu pour se reposer. Son pied appuya doucement sur la pédale de frein. Rien ne se passa. Elle insista, jusqu'à peser de tout son poids à s'en faire mal.

Mais sa vitesse resta constante. Son cœur se mit à battre plus vite. Ne pas paniquer. Surtout ne pas paniquer. Il n'y avait aucune raison qu'elle ait un accident. Elle expira profondément puis elle pressa le bouton d'arrêt d'urgence situé sur le tableau de bord. La voiture continua sa route imperturbablement. Rétrograder. Il fallait rétrograder. Utiliser le frein moteur. Elle désactiva le régulateur de vitesse. Normalement, cela lui permettrait de ralentir. La boite automatique ferait le reste et le véhicule s'arrêterait doucement, faute d'action sur l'accélérateur.

Il n'y eut pas plus de résultats. Par acquit de conscience, elle lâcha le volant. En l'absence de pilotage automatique, la voiture aurait dû dévier de sa trajectoire. Pourtant, elle continua sa route. Quelque chose la dirigeait. Quelque chose qui n'avait rien à voir avec un satellite ou une borne de guidage.

Quelqu'un. Peut-être.

L'affichage du tableau bord s'alluma. Elle prit conscience qu'elle se trouvait à présent dans une semi-pénombre. Le soleil descendait derrière l'horizon. Elle consulta l'horloge.

Vingt heures quarante-deux.

« Pilote automatique disponible – OK pour confirmer » afficha l'ordinateur de bord en lettres rouges.

Elle eut un petit rire nerveux. Devant elle, une voiture grise du même modèle que la sienne semblait être apparue de nulle part. Une sensation de chaleur envahit sa poitrine. Elle s'engagea à un carrefour. L'endroit lui était familier. L'éclairage public venait juste de s'allumer. Elle croisa d'autres véhicules. Elle était revenue à la vie.

Bonsoir Thémis.

La voix pourtant douce explosa dans sa tête. Tout se mit à tourner autour d'elle, comme dans un manège. Les lignes verticales et horizontales du paysage se déformèrent. Instinctivement, elle ferma les yeux. La nausée l'envahit malgré tout, révulsant son estomac vide. Son thorax se serra. Elle avait du mal à respirer. La sensation de malaise fut si intense qu'elle tendit la main pour atteindre la commande d'appel d'urgence.

N'aie pas peur Thémis.

Elle voulut répondre qu'elle se sentait mourir. Mais aucun mot ne sortit de sa gorge nouée. Et puis enfin, elle trouva la force.

Où êtes-vous ?

———

La lumière était aveuglante. Elle l'empêchait de distinguer les contours de son environnement et Antoine était contraint de plisser les yeux. Malgré cela, la sensation était brûlante et il avait les paupières humides. Il aurait voulu voir. Quelqu'un lui parlait. Il ne comprenait pas les choses qu'il entendait et ne pouvait reconnaître son interlocuteur. Il était incapable d'ouvrir les yeux.

Il fallait sortir du rêve.

Le sommeil recula. Il retrouva la pénombre paisible de sa chambre. Mais rapidement, quelque chose attira son attention. L'obscurité pas tout à fait noire. Les ombres. Le jour se levait sans doute déjà.

Il se retourna. Au passage, sa jambe en effleura une autre. Il mit quelques secondes à se souvenir où il était et qui était la personne avec qui il partageait son lit. D'une main hésitante, il chercha la télécommande pour fermer le volet roulant de la porte-fenêtre. Et prolonger la nuit artificiellement. Mais la lueur ne venait pas de l'extérieur : elle se faufilait par la porte entrouverte de la chambre. Sorte de halo orangé, elle était trop intense et colorée pour être naturelle. Il se leva doucement et enfila le peignoir resté sur la chaise. La lumière provenait de l'étage inférieur, elle jaillissait à travers la cage d'escalier.

Il mit un certain temps à comprendre de quoi il s'agissait. Ses idées étaient encore enlisées dans la torpeur de son sommeil prématurément interrompu. Il aurait été étonnant qu'il ait pu oublier d'étendre un interrupteur la veille, une telle luminosité n'aurait pu lui échapper. Vaguement inquiet, un peu contrarié, il descendit. À part le bruit mat de ses propres pas dans les escaliers et le ronronnement de plus en plus distinct d'une ventilation, tout était silencieux.

La lumière provenait du refuge. La porte blindée était grande ouverte. Il s'approcha jusqu'au seuil et se pencha en avant pour regarder à l'intérieur. Quelque chose lui commandait de se méfier. L'ordinateur pouvait-il lui tendre un piège en guise de punition ou même de vengeance pour le vol des rations ? La salade lyophilisée revenue à la vie lui suggérait que tout était envisageable. Il scruta attentivement la pièce. Personne. Et tout semblait à sa place.

Antoine passa sa main dans ses cheveux et laissa échapper un soupir. Machinalement, il baissa les yeux et chercha sa montre. Mais il l'avait enlevée avant de se doucher la veille et laissée dans la salle de bain. Bien qu'il n'eût aucune idée de l'heure qu'il pouvait être, il réalisa qu'il était au cœur de la nuit.

Juste une porte ouverte.

Il suffisait donc de la refermer. Et il retournerait se coucher. Il jeta un dernier regard dans le refuge puis poussa la porte blindée jusqu'à entendre le claquement sec du verrouillage de la serrure. Puis il pressa l'interrupteur du couloir. Une lumière blanche illumina l'espace, très différente de celle qui l'avait réveillé. Quelque chose arrêta net sa main lorsqu'il la retira. Il se figea.

Un souffle. Une sorte de passage à travers un courant d'air frais. Ce n'était pas tout à fait cela. Il n'était pas sûr. C'était un peu comme s'il avait plongé l'extrémité de ses doigts dans un liquide froid et dense. La sensation avait été fugace, peut-être une seconde, peut-être moins. Mais il s'était passé quelque chose. Cela n'avait rien à voir avec le contact contre l'acier poli de la porte qu'il venait de refermer. Il regarda attentivement autour de lui, le cœur battant, tous ses sens en éveil, cherchant quelque chose qu'il ne parvenait pas à imaginer. Ses yeux balayèrent l'espace avec acuité. Il se retourna plusieurs fois. Il était seul. Du moins, il n'y avait aucune présence humaine visible.

Il me voit.

Le chuchotement avait à peine été audible. Tout juste un murmure étouffé. Il chercha, se concentra sur son environnement pour ne pas laisser place à la peur qu'il sentait le gagner.

— Il y a quelqu'un ? dit-il d'une voix forte, mais mal assurée.

Seul un silence opaque lui répondit.

Il avait envie de fuir, le cœur battant. Une sueur froide mouillait ses aisselles. Il avait toujours pu entendre les pensées des autres. Comme on entend sans vraiment l'écouter, le chant des oiseaux. Puis il avait compris qu'il pouvait communiquer avec ceux qui disposaient des mêmes facultés que lui. Il avait alors découvert qu'il n'était plus seul au monde. Parce qu'il ne l'avait jamais été. Il faisait juste partie de ceux qui maîtrisaient cet autre langage. Enfin, il avait commencé à communiquer avec des interlocuteurs invisibles. Cela avait été un échec. Aucune de ses questions n'avait trouvé de réponse, les conversations n'étaient que des successions d'énigmes. Et il avait fini par douter de la réalité des échanges. Mais cette nuit, il avait touché quelque chose. Quelqu'un avait chuchoté. Ce quelqu'un avait pu le voir tandis que lui ne le pouvait pas.

Il se dirigea lentement vers les escaliers, retenant son souffle, attentif à la moindre de ses sensations. Il ne voulait plus sentir la présence de « la chose », ne pas risquer de la toucher une nouvelle fois, ne plus l'entendre. Par-dessus tout, il craignait qu'elle ne devienne soudainement visible et de ne pas être capable de le supporter. Pouvait-elle le suivre ? Il avait peur de connaître la réponse. Il grimpa les marches le plus rapidement qu'il put, avec la volonté dérisoire de la semer en route. Peut-être ne le voyait-elle pas davantage que lui. Peut-être leurs chemins s'étaient-ils accidentellement télescopés…

La peau granuleuse de frissons, il se glissa dans les draps tièdes. Instantanément, il se sentit en sécurité dans la chaleur enveloppante du lit. Marlène était réveillée. Elle se redressa.

— Où étais-tu ?

— En bas, au sous-sol.

— Il y a un problème ?

— Rien de grave. Une lumière s'était allumée. Ça m'a réveillé.

— Ah.

Elle se tourna vers lui. Puis il sentit sa main remonter le long de son cou, cherchant sa joue. Il se sentit un peu honteux lorsque ses doigts fins rencontrèrent la rugosité de sa barbe naissante. Un silence gêné s'installa. Il sentait toute l'acuité de son regard. Sa paume effleurant son visage semblait chercher des indices.

Puis elle chuchota.

— Qu'est-ce qui se passe ?

Il soupira.

— Je te l'ai dit. Il y a un système de surveillance très complexe dans cette maison et je n'y suis pas encore très habitué. Les lumières s'allument toutes seules. Ce n'est pas grave en tout cas.

Son pied effleura ses jambes. Elle avait remis son pantalon.

— Tu t'es rhabillée ? demanda-t-il, intrigué.

— Non… je…

Elle passa ses mains sur ses cuisses puis souleva le bas de son pull-over.

— C'est toi qui t'es levée ?

— Non, non je t'assure.

— Quand je me suis couché, tes vêtements étaient posés sur la chaise, là bas, dit-il en désignant du regard l'angle du mur.

Il alluma la lampe de chevet. Marlène contemplait les manches de son pull-over avec une authentique sidération.

— Tu es somnambule ?

— Oui… je ne sais pas, je ne comprends pas. Je ne me souviens de rien, balbutia-t-elle.

— On en reparlera quand il fera jour.

— D'accord.

Elle se rapprocha de lui. Puis elle s'allongea et retira son pantalon et son pull. Le calme était revenu. Le besoin de sommeil se fit à nouveau sentir et Antoine écrasa un bâillement.

— Je me sens…. C'est bizarre, chuchota-t-elle.

Il allait lui répondre lorsqu'il y eut un cliquetis métallique parfaitement net, puis le grincement des gonds d'une porte que l'on pousse lentement. Antoine comprit que le refuge était à nouveau ouvert. La lumière orangée s'engouffra dans la chambre.

— Maintenant ça suffit ! s'exclama-t-il, la voix pleine d'une soudaine exaspération qui fit sursauter Marlène.

Il repoussa brutalement les draps et se leva. Puis il remit rapidement son peignoir.

— Je vais voir. Ne bouge pas d'ici.

— Non ! Je ne veux pas rester toute seule.

— Alors, viens, dit-il en lui tendant la main.

Oubliant la pudeur, elle traversa la pièce à demi nue et enfila sommairement ses vêtements abandonnés par terre. Ils descendirent l'escalier, main dans la main dans un silence compact. Comme il s'y attendait, les deux portes de l'abri étaient grandes ouvertes. Ils s'approchèrent et il sentit que Marlène serrait plus fort ses doigts. Il balaya l'espace d'un rapide regard, mais ne rentra pas. La lumière provenant du plafond baignait l'espace. En apparence, rien ne semblait avoir changé.

— Il n'y a personne, dit-il sur un ton peu convaincu.

— C'est… C'est quoi ? balbutia-t-elle.

— Un abri antiatomique. L'ancien propriétaire était… comment dire… un peu dérangé. On devrait retourner se coucher.

— Et s'il y avait quelqu'un ?

— Comment ça ?

— On peut sans doute se cacher ici, dit-elle en désignant le refuge d'un hochement de tête.

Elle marqua un temps d'arrêt, puis elle reprit :

— C'est là que tu as trouvé la salade, n'est-ce pas ?

— Oui, admit-il.

Elle le regarda. Puis elle franchit le seuil de la porte blindée. Elle semblait avoir dépassé sa peur.

— Attends ! lui dit-il

— Viens, on va voir.

Ils furent interrompus par une voix synthétique.

« Début d'incendie niveau 0, séjour – intervention en cours, veuillez évacuer les lieux »

Antoine perçut immédiatement une odeur de brûlé. Ils se précipitèrent dans les escaliers. Des volutes de fumées ocres dégoulinaient le long des marches. Sur le sol, entre la table du séjour et l'entrée, quelque chose était en feu. De petites flammes jaunes s'élevaient. De l'eau finement vaporisée jaillit soudainement du plafond, par les orifices d'une sorte de cylindre blanc qu'Antoine avait pris pour un détecteur de fumée. Il y eut un sifflement et les flammes disparurent presque instantanément, libérant un nuage de vapeur blanche. Une puissante ventilation se mit en route. La voix artificielle reprit :

« Fin de l'incident. Retour autorisé sur les lieux. Dégâts mineurs. Pour une transmission automatique à votre compagnie d'assurance, dîtes assurance. »

———

Antoine avait posé les restes carbonisés sur la table de la salle de séjour, sur un prospectus publicitaire déplié. Le jour pointait à l'horizon. La semi-pénombre camouflait un peu leurs traits tirés par la fatigue de leur nuit écourtée. Ils avaient pris une douche et s'étaient habillés. Ils contemplaient en silence un étrange vestige calciné. Cela ressemblait à une sorte de tablette numérique, mais elle était fine et souple. Elle n'avait pas entièrement brûlé. On distinguait encore quelques chiffres digitaux partiellement effacés et qui clignotaient faiblement.

— 8.8.8.8.., lu Marlène. Je ne vois pas bien le dernier chiffre.

Antoine se pencha davantage.

— Peut-être un 3. Ou encore un 8. Ça ne nous avance pas de toute façon.

— On ne sait même pas ce que c'est que ce truc…

— Je peux juste te dire que je ne l'ai jamais vu avant. Et pas en plein milieu de ma salle de séjour. On dirait une sorte de tablette tactile.

— Je me demande à quoi ça peut servir. Et qui a pu faire ça ? Et pourquoi ? reprit-elle. C'est vrai, si tu veux mettre le feu à une maison, tu ne t'y prends pas comme ça, le tout posé à bonne distance des meubles, sur le carrelage. Non. Tu prends un bidon d'essence, tu asperges le canapé, les rideaux, enfin, tout ce qui va brûler vite et facilement.

Antoine sourit faiblement.

— Tu ferais une parfaite incendiaire, dis-donc.

Elle ne prêta aucune attention à sa remarque et continua sa réflexion.

— Celui ou celle qui a fait ça ne voulait pas nous nuire ou nous mettre en danger. Il a même attendu que nous soyons à bonne distance avant de mettre le feu.

— Je dirais plutôt qu'il n'avait pas envie de se faire prendre.

Antoine contempla l'objet.

— Hum... Et si c'était une bombe ? Les chiffres, ça pourrait être une sorte de minuterie, non ? En même temps, ce n'était relié à rien.

Cette pensée le fit frissonner. La technologie de l'abri... Et si cette chose pouvait faire exploser une charge à distance, par une simple connexion Wifi ou un téléphone mobile par exemple ? Une punition pour avoir volé les rations... ? Pourquoi pas ? Mais quelqu'un l'avait forcément amené à cet endroit.

— Un détonateur tu veux dire ? Ça se tient. Mais alors pourquoi a-t-il pris feu ? Et comme par hasard juste sous le dispositif anti-incendie ? Je ne suis pas convaincue que la personne qui a fait ça te voulait vraiment du mal. Son visage s'illumina. Mais non, au contraire, elle a fait ça pour te protéger. Il y avait une bombe, elle l'a trouvée et neutralisée.

— Admettons... Donc quelqu'un a voulu plastiquer ma maison. Et... un « ange gardien » se serait trouvé là pour l'en empêcher. C'est un peu énorme, non, comme explication ? Ça fait beaucoup de monde aussi, tu ne trouves pas ?

— Tu en as une autre ?

— Non, il faut le reconnaître. Il ne me reste plus qu'à porter plainte.

Marlène n'eut aucune réaction. Elle continua.

— Certains détails sont troublants : l'angle d'arrosage du système incendie a été bien apprécié, la plaque a été posée juste à l'endroit où le jet d'eau était le plus fort. La personne qui l'a mise là connaît donc parfaitement les lieux. Remarque, ce n'est pas étonnant puisqu'elle a déjà réussi à rentrer sans déclencher l'alarme.

— Et à ressortir…

— Encore faut-il qu'elle soit ressortie. Mais…

Elle s'interrompit brutalement.

— Elle n'a pas déclenché l'alarme parce qu'elle est dans cette maison…, dit-elle calmement.

Antoine se passa la main sur le visage.

— Vas-y, continue.

— Quelqu'un vit sans doute ici.

— Ce n'est pas très cohérent. Partons du principe que quelqu'un a voulu poser une bombe. Cela suppose qu'une première personne s'est introduite ici sans déclencher l'alarme. Et une seconde personne aurait fait échouer ses plans, toujours sans déclencher l'alarme… Donc soit il y a deux individus qui vivent clandestinement ici et l'un d'eux me veut du mal alors que l'autre veut me protéger, soit l'alarme est défaillante, tout simplement, permettant à n'importe qui de rentrer ici comme dans un moulin. Personnellement, la seconde hypothèse me semble plus logique même si elle n'est pas spécialement rassurante.

— Ta porte d'entrée, elle est fermée à clé ?

— Oui. Enfin, je crois.

Il se leva et appuya sur la poignée. La porte était verrouillée.

— Toutes les autres ouvertures sont fermées ?

— Oui, oui, évidemment.

— Donc personne n'est entré ici. En tout cas, pas par effraction. Soit la ou les personnes disposent d'un moyen d'ouvrir, soit elles sont déjà dans la maison

Marlène était calme. Elle appuya sur ses tempes avec ses index en signe de concentration.

— Deux personnes… Deux personnes simultanément. L'une neutralisant l'autre. C'est étrange, non ?

— Peut-être que la bombe était là depuis longtemps. Peut-être que la personne qui est intervenue le savait et n'a trouvé que ce moment-là pour agir.

— En effet. Cela dit, je vais laisser le soin à la police de résoudre l'énigme, dit-il.

— Quand tu es descendu éteindre la lumière, la première fois, tu es sûr qu'il n'y avait personne ?

Il ne pouvait pas lui dire. C'était impossible.

— Tu ne me dis pas la vérité, dit-elle d'un ton neutre.

Il se sentit pris en faute. Toutefois, il ne chercha pas à se défendre. Il était bien trop estomaqué pour fournir des arguments cohérents.

On cache tous quelque chose.

Il s'efforça de garder une attitude la plus naturelle possible, mais il lui sembla qu'un pan entier de la confiance qui lui avait accordé s'écroulait brutalement. Que pouvait-elle cacher ? Il se rappela son attitude lors du trajet en voiture, la veille. Pas un seul instant, elle n'avait demandé où ils se rendaient, comme si elle connaissait d'avance la destination.

Pourtant, elle avait paru surprise lorsqu'elle avait découvert la maison, comme si elle ne voulait pas y croire malgré tout.

— Il faut aller visiter cette espèce d'abri anti atomique, reprit-elle soudainement, l'interrompant dans ses pensées.

— Je l'ai déjà fait. Je peux t'assurer qu'il n'y avait personne.

— Vraiment ? Tu es allé dans toutes les pièces ?

— Oui… enfin non.

Elle avait mis le doigt sur un point crucial. Depuis son installation, il n'avait jamais exploré le refuge. D'impérieuses nécessités avaient toujours repoussé le moment pourtant tant désiré de la visite complète de l'endroit. Il n'avait pas dépassé le stade de la zone d'accueil et la réserve alimentaire. Elle se leva, l'attrapa autoritairement par la manche de son pull et l'entraîna dans l'escalier. La porte de l'abri était toujours grande ouverte, mais la lumière avait nettement diminué d'intensité. Elle allait y entrer, mais Antoine la retint :

— Attends. Il faut que je te dise quelque chose.

Il lui raconta ce qui lui était arrivé lorsqu'il avait voulu prendre les rations dans la réserve et la manière dont il était parvenu à s'en emparer malgré tout. Elle fronça les sourcils.

— Et tu crois que cette… machine pourrait s'en souvenir et nous punir ?

— Je pense surtout que je ne connais pas l'étendue des fonctionnalités de cet ordinateur, ni la manière dont il a été programmé. Que ferons-nous si la porte se referme et que nous ne parvenons pas à la rouvrir ? Cet endroit est complètement étanche, nos portables ne passent même pas… Qui nous trouvera ?

— Tu pourrais prévenir quelqu'un que l'on va rentrer à l'intérieur. Si nous ne donnons pas signe de vie au bout du laps de temps convenu, il viendra nous délivrer ou appellera du secours.

— Tu veux absolument entrer maintenant ?

Elle le regarda.

— Oui. Mais tu ne sais pas qui appeler, n'est-ce pas ? À part moi, il n'y a personne dans ton répertoire.

— Comment le sais-tu ?

— Je l'ai vu lorsque j'ai rentré ton numéro de téléphone dans ton portable. Mais tu as *forcément* quelqu'un sur qui compter en toutes circonstances.

Son acuité à le cerner le dérangeait autant qu'il le fascinait. Elle ne pouvait entendre ses pensées. Il en était sûr. Mais elle le lisait comme un livre ouvert.

Alors, il répondit simplement :

— Je vais prévenir quelqu'un. Attends-moi pour entrer.

Puis il tourna les talons et se dirigea vers l'escalier.

Chapitre 15

Anita s'était réveillée seule dans le grand lit. Elle resta quelques minutes, indécise, puis décida de se lever pour boire un verre d'eau. La nuit était tiède. Le chant nocturne des insectes lui parvenait par la porte-fenêtre restée entrouverte. L'air sentait bon, sans doute la mer était-elle basse. Elle alla jusqu'au réfrigérateur et avala quelques gorgées d'eau directement à la bouteille. Elle frissonna. Elle regarda l'heure sur l'affichage digital du four. Trois heures vingt-quatre du matin. Elle n'avait pas vraiment sommeil. Elle prit un livre dans la bibliothèque et s'installa dans un des fauteuils du salon, les jambes repliées sous elle. Dehors, il faisait suffisamment clair pour distinguer les ombres des arbres et ce spectacle capta son regard quelques instants. La maison était silencieuse et le seul éclairage provenait de la petite lampe qu'elle avait allumée pour lire. Elle abandonna rapidement sa lecture, le regard sans cesse attiré par ce qui se passait à l'extérieur. Alors, elle sortit sur la terrasse. Elle resta quelques minutes debout, appuyée à la rambarde, à écouter le bruissement du vent et la lente respiration des vagues en contrebas. Elle était bien. Puis elle s'assit dans son transat. Elle ne portait qu'un peignoir de coton léger, mais elle n'avait pas froid. Son regard se porta vers la maison d'Antoine. Probablement dormait-il. Elle sentit un sourire se dessiner sur les lèvres. Elle était heureuse.

Elle laissa ses pensées défiler. Elle pensa à Nathan, son mari, quelque part, aux Etats-Unis peut-être, ou au Japon, ou…. Elle se plut à imaginer qu'il faisait-il encore jour là-bas.

Je vis, il vit aussi. Les mêmes instants. Juste ailleurs, pensa-t-elle

Sans doute avait-il trouvé une jeune personne à promener à son bras pour la soirée ou davantage si affinités. Cette idée ne provoqua aucune amertume en elle. Elle partageait la vie de Nathan depuis plus de vingt-cinq ans et ils avaient toujours été libres d'eux-mêmes. Leur couple était une sorte d'entité autour de laquelle ils gravitaient individuellement et qui les réunissait. Demain matin, la fille (qu'elle imagina grande et blonde cette fois) se réveillerait seule dans une chambre d'hôtel luxueuse, au cœur d'une mégalopole quelconque. Elle ne se souviendrait sans doute pas du prénom (l'avait-elle jamais su ?) de l'homme avec qui elle avait passé la nuit. Puis il y en aurait une autre. Une métisse aux longs cheveux noirs et brillants peut-être, ou une Asiatique au visage de poupée de porcelaine. Puis dans une heure, une semaine, quinze jours, un mois - elle ne savait jamais quand Nathan rentrait, ni quand il repartait- ils se retrouveraient. Comme à chaque fois, il aurait un cadeau pour elle. Et il lui raconterait ses journées, le temps qu'il avait fait, les embouteillages, l'attente à l'aéroport. Il lui parlerait de la fille blonde, un peu. Elle l'écouterait attentivement comme une enfant captivée par un conte de fées. Il la regarderait. Elle sentirait une bouffée de désir la traverser, comme au premier jour. Cela lui ferait du bien. Elle y croirait. Elle croirait à son existence, à la leur, ici, maintenant, pour toujours. Et tout continuerait. Aux portes de la Zone Grise. Et cela durerait, encore et encore. Le bonheur, cela pouvait être tellement simple, finalement.

Puis il y aurait le silence. Ou simplement le bruit des draps que l'on froisse et le souffle chaud de leur respiration. Ils feraient l'amour.

Elle se sentit sourire. Ses pensées semblaient s'éloigner peu à peu d'elle. Elle écrasa un bâillement léger. Le sommeil n'avait pas dit son dernier mot. Il était temps de retourner se coucher.

Au moment où elle se levait, il y eut une vive et brève lueur. Il lui sembla percevoir un cri perçant, mais elle lui fut incapable d'en identifier la provenance. Le silence et la nuit retombèrent immédiatement. Elle voulut retourner à l'intérieur. Mais ses yeux avaient été rendus aveugles par la lumière blanche et elle se dirigea à tâtons. Elle échoua finalement dans le fauteuil en cuir. Peu à peu, elle s'habitua à la pénombre. Elle alluma sa liseuse et regarda autour d'elle. Tout était absolument normal à présent. Elle retourna sur la terrasse. Tout semblait figé. La brise était tombée. On n'entendait plus le chant des insectes, avalé par un silence opaque. Elle regarda dans la direction de la maison d'Antoine. Le jardin était faiblement éclairé par les torches solaires. Aucune activité humaine n'était perceptible.

Peut-être s'était-elle endormie sur la terrasse. Peut-être avait-elle commencé à rêver. Mais elle ne parvint pas à s'en convaincre. Elle avait le sentiment que quelque chose s'était produit. Quelque chose d'important. Elle frissonna. Un reste d'adrénaline sans doute. Elle retourna dans sa chambre. Puis elle s'allongea sur son lit et remonta la couette jusqu'aux épaules. Le souvenir s'étiolait. Elle n'était plus totalement certaine de ce qui était arrivé. Elle tendit l'oreille. Un peu de vent agitait les feuilles des arbres et soulevait légèrement le rideau de sa porte-fenêtre entrouverte. Un grillon chantait. Tout était calme. Elle sentit qu'elle glissait dans le sommeil. Mais un doute diffus l'accompagna jusqu'à l'inconscience.

Chapitre 16

D'un pas hésitant, Marlène avança jusqu'à l'embrasure de la porte. Elle se sentait tiraillée entre la curiosité et une sensation confuse d'insécurité. La perspective d'une éventuelle décharge électrique l'inquiétait. Mais pas autant que la peur se retrouver enfermée. Seule. Ou pas seule. Elle se pencha un peu pour regarder. Tout était parfaitement immobile. Même l'éclairage avait quelque chose de figé.

Elle avait envie d'aller voir. Mais la méfiance la tenaillait. Malgré tout, elle posa un pied à l'intérieur. Pendant une poignée de secondes, elle ne bougea plus. Elle avait fermé instinctivement les yeux, ses muscles s'étaient tendus. Elle était prête à se jeter en arrière. Rien ne se passa. Peut-être le souffle de la ventilation s'était-il fait un peu plus audible. Peut-être pas. Elle avança. Toujours rien. Une barrière de prudence s'écroula dans sa tête. Elle s'enhardit peu à peu et balaya l'espace du regard. Une éblouissante lumière crue éclairait l'endroit. Elle était contrainte de plisser les yeux pour la supporter. Elle leva la tête : l'éclairage provenait du plafond, se diffusant à travers ce qui semblait être des carreaux de verre opaques. La pièce était rectangulaire. Elle avait l'aspect d'un large couloir. Les murs étaient percés de grands tiroirs sur toute leur hauteur. Il n'y avait en revanche aucun mobilier. A l'extrémité opposée, elle distinguait trois portes closes. Encore un peu aveuglée, elle s'approcha d'une rangée de tiroirs et posa une main tâtonnante sur la poignée métallique de celui qui se trouvait à sa hauteur. Elle eut un court moment d'hésitation puis tira précautionneusement. Le tiroir coulissa lentement en silence. Il était si profond qu'elle dut se décaler pour en permettre l'ouverture complète sans se retrouver coincée contre le mur. A l'intérieur, des rangées de petites boites en carton vert, parfaitement alignées et de dimensions identiques. Elle en prit une. L'espace vide fut aussitôt comblé par la boite suivante. Un ressort sans doute. Machinalement, elle lâcha la poignée. Le tiroir se referma doucement. En façade, une indication en lettres capitales orangées apparut et se mit à clignoter.

« Réserve à 99 %. »

L'écran semblait directement intégré dans le métal, sans bords francs ni surépaisseur. Elle n'avait d'ailleurs pas remarqué sa présence avant qu'il ne s'allume. Ses doigts en effleurèrent la surface et entrèrent en contact avec une matière souple et soyeuse qui ne lui évoqua rien de connu. Le message changea.

« Informations complémentaires disponibles. Mot de passe : ? »

Quelles autres informations pouvaient lui être délivrées concernant le contenu du tiroir ? Leur caractère secret aiguisait fortement sa curiosité. Mais elle n'avait aucun moyen de deviner le mot de passe. Peut-être Antoine le connaissait-il ? Elle en doutait. Tant pis. Il lui faudrait se contenter de la petite boite verte, au moins pour le moment. Elle n'était pas plus grosse qu'un emballage de cure-dents. Sur l'une des faces, une étiquette avait été collée, portant seulement une étrange mention.

« Tige à lapins – 10 pièces »

Elle fronça les sourcils : qu'est-ce que cela voulait dire ? Elle tenta de l'ouvrir, mais l'emballage était hermétiquement scellé par des pastilles plastifiées qui résistèrent à toutes ses tentatives. Elle tourna la boite dans tous les sens : elle ne portait aucune autre inscription, mis à part la mention qu'il s'agissait d'un produit lyophilisé. Elle pensa à la salade. Mais elle ne voyait aucun lien avec ce qu'elle avait sous les yeux. Et si elle pouvait concevoir que des technologies avant-gardistes permettent de lyophiliser une salade, il lui semblait totalement exclu qu'on puisse faire de même avec un animal mort et encore moins vivant. Peut-être la « tige à lapins » servait-elle à les nourrir ? Mais la dénomination fantaisiste de la chose la laissait perplexe.

L'impossibilité de vérifier le contenu de la boite excitait grandement sa curiosité. Elle fut un instant tentée de l'emporter pour l'ouvrir et l'examiner avec Antoine, mais elle se rappela sa cruelle expérience : il était plus prudent d'attendre qu'il ne la rejoigne. Et elle avait déjà brisé sa promesse de ne pas entrer sans lui, il ne fallait pas en plus prendre le risque de se mettre en danger ou de créer le moindre incident.

À regret, elle ouvrit à nouveau le tiroir pour remettre la boite de tiges à lapin. Elle eut une vague hésitation. Elle ne savait plus où était sa place puisqu'elle avait aussitôt été comblée par la boite suivante. Elle avança une main hésitante. La rangée s'ouvrit doucement, libérant l'espace qui lui était destiné. Elle sourit intérieurement. Non, pas un simple système à ressort. Puis le tiroir se referma lentement, toujours en silence et toute trace de l'écran disparu. Elle passa sa main sur la façade, mais la substance soyeuse avait été remplacée par la froideur du métal. Avait-il seulement existé ? Elle regarda autour d'elle. Brutalement, il lui sembla que tout tournait. Une sorte de vertige. Elle attrapa la poignée du tiroir pour se tenir. Le sol se dérobait sous ses pieds. Ou alors était-ce les murs qui s'incurvaient. Impossible de savoir. Tout bougeait. Elle avisa les portes, au fond de la pièce, raccrochant sa vision à un point fixe et vertical. Les lignes cessèrent peu à peu de danser. Il fallait aller voir. C'était cela, la chose à faire. Les tiroirs et leur contenu n'avaient plus d'importance. Elle les oublia.

La démarche ébrieuse, elle traversa la pièce. Elle ouvrit la porte de gauche et entra. La pièce était elle aussi en longueur, mais beaucoup plus étroite. Elle était plongée dans une semi-obscurité. Pendant quelques instants, Marlène ne distingua pas les spots encastrés au sol. Tout juste voyait-elle des taches de lumière rougeoyante et rasante, traçant un chemin. Puis ses yeux s'acclimatèrent peu à peu à la pénombre. Le sol et les murs étaient recouverts de carrelages à la surface rugueuse. À gauche, ce qui semblait être une grande cabine de douche. Elle poussa la large porte vitrée qui coulissa contre la paroi fixe et entra. A l'intérieur, la robinetterie était double. Elle s'approcha. Chaque mitigeur était surmonté d'une petite plaque portant une inscription.

« Eau douce »

« Eau salée »

À l'extrémité droite de la cabine, un petit espace avait été réservé pour abriter des serviettes, protégées des éclaboussures par une demi-cloison de verre. On pouvait également s'assoir sur un petit banc carrelé ou y poser ses affaires de toilette. Juste au-dessus, à la hauteur d'une personne assise, deux petits robinets, et à nouveau des inscriptions mystérieuses. Elle s'approcha.

« Oxygène » « Air »

Qu'est-ce que cela pouvait bien faire dans une douche ? Elle s'assit sur le côté du banc pour mieux les examiner. Juste au moment où elle allait les toucher, des lettres bleutées apparurent sur la paroi vitrée qui lui faisait face.

« Masques et tubulures disponibles sous le siège. »

Elle se releva. Les lettres s'effacèrent instantanément. Elle se pencha, passa sa main sous le banc, mais ses doigts ne rencontrèrent aucune ouverture. Intriguée, elle palpa attentivement la surface carrelée. Il y eut un léger cliquetis et la partie supérieure du siège se souleva doucement. Le contenu était éclairé par des néons fixés sur tout le pourtour. Le coffre était divisé en quatre parties, chacune portant une étiquette indiquant le contenu.

« Masques pour adultes » lut-elle en saisissant un emballage en plastique transparent dans la rangée correspondante. Un instant, elle fut tentée d'ouvrir celui qu'elle tenait dans les mains. Il était probable qu'il ne résisterait pas aussi bien que la boite verte de Tiges à lapin. Mais elle pouvait parfaitement distinguer le contenu. Inutile de générer une quelconque alarme.

Il lui paraissait étrangement plat, semblant destiné à épouser la forme du nez de son utilisateur et les courbes du menton. Il n'y avait pas d'espace vide et pas non plus de petites ouvertures au niveau des narines comme c'était normalement le cas. Le masque était par ailleurs dépourvu d'élastique pour le maintenir plaqué au visage. À la lueur des néons, elle examina les inscriptions portées sur l'emballage. On y indiquait qu'il s'agissait d'un modèle pour adulte avec la précision qu'il était destiné à des individus de corpulence moyenne, d'une taille maximale d'un mètre soixante-quinze pour un poids de quatre-vingts kilos à ne pas dépasser. Elle y trouva aussi la mention « stérilisé », une succession de chiffres.

La date de péremption sans doute, pensa-t-elle.

« 88888 »

Cela ne pouvait être une date. Ou alors y avait-il une erreur. Mais sur ce qui restait de la plaque brûlée, on retrouvait le début de cette suite de chiffre. Curieuse coïncidence. Entre la salade lyophilisée, les Tiges à lapin et ce masque à oxygène à l'aspect inhabituel, cela commençait à faire beaucoup. Dubitative, mais un peu lasse, elle se releva. La sensation d'ivresse revint aussitôt.

« J'ai faim et je me suis relevée trop vite. » Pensa-t-elle.

Elle se laissa glisser le long du mur, à côté du banc encore ouvert. Elle tenait toujours l'emballage à la main. Elle avait la tête lourde.

« Depuis combien de temps suis-je ici ? »

Elle ferma les yeux. Elle était dans un manège. C'était à la fois agréable et déplaisant. Elle était bien ici. Il faisait chaud, presque moite. La pénombre était apaisante. Une odeur doucereuse flottait dans l'air, mélange de désinfectant et de savon. C'était quelque chose de rassurant, familier. Elle se sentait somnolente, mais sans réelle envie de dormir. Ici, elle avait la sensation de trouver le repos dont elle avait besoin. Et il y avait le manège. Toutes ces choses qui se déplaçaient lentement autour d'elle. C'était une sorte de bercement très subtil. Cela lui donnait un peu la nausée. Elle était partagée entre l'envie de rester assise dos au mur et celle de se relever pour continuer ses investigations. Elle trouva finalement l'énergie pour se remettre debout. Curieusement, ce fut bien plus facile qu'elle ne l'avait imaginé et la sensation de flottement se dissipa rapidement.

En face de la douche, deux lavabos et des tiroirs similaires à ceux de la pièce par laquelle elle était entrée retinrent son attention. Elle en ouvrit un. Cette fois, pas de Tiges à lapin ou d'autres choses mystérieuses. Seulement des dosettes de savon liquide, de shampoing et de produits d'hygiène variés, identifiables aisément grâce aux étiquettes apposées en tête de rangées, en caractères phosphorescents. Du shampoing pour cheveux blonds. Du gel douche pour les peaux sèches. Un autre pour les peaux grasses. Du gel pour la toilette intime. De la mousse à raser… Elle lâcha la poignée. Comme elle s'y attendait, le tiroir coulissa lentement vers l'arrière et se referma hermétiquement. Elle ne chercha pas à en ouvrir un autre cependant. Quelque chose de bien plus intéressant venait d'attirer son regard.

Au fond de la pièce, il y avait une autre porte. La fermeture était semblable à celle d'une chambre froide. Son cœur battit plus fort. Que pouvait-on entreposer à l'intérieur, dans une salle de bain ? Elle colla son oreille contre la porte, mais elle n'entendit rien d'autre que ses propres battements de cœur résonner dans le métal froid. Elle prit une grande inspiration, bascula la poignée sur le côté et tira. La porte résista d'abord un peu, adhérente à l'encadrement. Elle céda finalement dans un chuintement profond. Elle entra. La pièce était petite, en couloir, si étroite qu'il était impossible de circuler à deux de front. Le long des murs, de chaque côté, une rangée de six armoires vitrées, à l'intérieur desquelles circulait une brume froide. Un écran digital en haut à droite de chacune d'entre elles indiquait des chiffres. Sans doute la température à l'intérieur. Elle s'approcha. Moins 180° degrés Celsius. Sur le sol carrelé, des spots recouverts d'une grille en acier apportaient un faible éclairage, balisant le passage. Mais l'essentiel de la luminosité était fourni par les néons bleutés qui éclairaient le contenu des armoires. Chaque porte vitrée comportait un triangle d'avertissement rouge sur lequel on pouvait lire, en grands caractères et en plusieurs langues, le message suivant :

En haut à gauche, une LED bleue signalait un boitier rectangulaire percé d'une fente verticale, qui lui parut être un lecteur de cartes magnétiques. Elle s'approcha de l'une des armoires et colla son visage contre la paroi pour tenter d'apercevoir quelque chose. L'espace intérieur était subdivisé par des étagères horizontales transparentes, espacées d'une vingtaine de centimètres. Sur chaque clayette, des rangées de petits cylindres en acier maintenus verticalement dans des supports. Une étiquette plastifiée apposée devant chaque rangée semblait en indiquer le contenu, mais elle ne parvenait pas à le déchiffrer, gênée par le brouillard blanc. Elle plaqua son visage contre la vitre froide et plissa les yeux pour accroître son acuité visuelle, dans un effort soutenu de concentration. Avec stupéfaction, elle lu :

« Tiges à bébé – type caucasien, blond, yeux bleus, ossature moyenne – sexe masculin ».

Elle balaya du regard les autres étagères : d'autres « Tiges à bébé ». Des dizaines de combinaisons. Des filles brunes de type caucasien aux yeux bleus et de petite taille, de grands garçons blonds aux yeux marron, de petits garçons asiatiques aux yeux noirs, des filles noires de taille moyenne aux yeux noirs….Mais aussi, beaucoup plus inattendu, des filles blondes aux yeux noirs ou des garçons à peau noire aux yeux bleus. Cela ressemblait à une sorte de catalogue de la race humaine, avec des variantes inconnues : toutes les couleurs de peau, de type physique, de cheveux, d'yeux étaient apparemment représentées. Et toutes les combinaisons semblaient avoir été réalisées, y compris celles que la nature ne permettait pas.

Elle s'accroupit. Tout en bas, sur une clayette isolée, elle remarqua deux cylindres d'acier d'un plus gros diamètre, comparable à celui d'une thermos. Il n'y avait pas d'étiquette sur la clayette pour en indiquer le contenu. Juste une mention, inscrite en lettres capitales rouges, directement sur les tubes :

« Type expérimental »

Qu'est-ce que cela voulait dire ? De quoi s'agissait-il exactement ? Quel était le contenu des autres congélateurs ? Elle n'eut pas le temps d'approfondir ses réflexions.

Le son d'un cliquetis métallique brisa le silence, juste derrière elle. Elle se retourna : la porte par laquelle elle était entrée se refermait peu à peu. Elle semblait attirée par une force invisible. Sans doute était-elle pourvue d'une fermeture automatique minutée. Elle réalisa qu'il n'y avait pas de poignée pour la rouvrir de l'intérieur. Il fallait donc impérativement sortir, sous peine de se retrouver prisonnière. Elle se précipita et tenta de saisir le chambranle. Mais la porte continua de se refermer inexorablement et ses doigts glissèrent sur le métal froid et lisse. Dans un ultime réflexe, elle passa sa main à travers le peu d'ouverture qui restait. Le processus se poursuivit pourtant. Elle tenta vainement de dégager son poignet, mais l'espace était désormais insuffisant. Sous l'effet de la douleur de l'écrasement, elle fut saisie de panique et se débattit violemment. Un cri de souffrance et de désespoir mêlés se forma au fond de sa gorge sans pouvoir en sortir, le souffle coupé par l'effort. Brutalement, le poids s'allégea. Puis, après un bref temps d'arrêt, la porte commença à se rouvrir lentement. Elle eut un hoquet d'angoisse, retira brusquement sa main, forçant son passage dans l'espace encore étroit. Emportée par son élan, elle tomba en arrière. Son dos heurta douloureusement la première armoire de la rangée à sa gauche. Un peu groggy, elle franchit à genoux le seuil de la porte à présent suffisamment ouverte pour la laisser passer. Elle retrouva la pénombre rougeâtre et paisible de la salle de bain et resta sans bouger quelques minutes, encore un peu tremblante. À part son souffle profond, il n'y avait aucun bruit. Peu à peu, elle sentit le calme revenir en elle, à mesure que la douleur de la chute et de la sensation d'écrasement de son poignet s'évanouissait.

Puis tout recommença.

Il y eut à nouveau un cliquetis métallique. Devant elle cette fois. En une fraction de seconde, elle comprit que la porte de la salle de bain allait à son tour se refermer. Et comme pour la précédente, elle réalisa qu'elle était également dépourvue de poignée pour l'ouvrir de l'intérieur. Elle se releva et se mit à courir : il ne fallait pas seulement sortir de cette pièce, c'était du refuge tout entier qu'il fallait s'échapper. Le plus rapidement possible.

Quelque chose était menaçant. Quelque chose la menaçait. Elle.

La porte était moins lourde et moins épaisse. Il lui fut facile d'en entraver la fermeture pour se jeter à l'extérieur. Dans la précipitation, elle tomba à nouveau à genoux. Elle se releva maladroitement. Le sol était glissant. Ou alors était-ce ses chaussures qui l'étaient. Elle regarda droit devant elle. La sortie n'était qu'à quelques mètres. Elle distinguait nettement l'embrasure de la porte, la portion de couloir qui conduisait au refuge et les deux premières marches de l'escalier. Elle avançait avec difficulté. Chacun de ses mouvements semblait entravé par une force invisible. Elle courait. Du moins, elle s'y efforçait. Mais son énergie était comme absorbée par le sol. La porte grande ouverte était à la fois si loin et si proche…

(Sauve-toi !)

C'était un cri à la tonalité étrangère. Dans sa tête. Mais pas d'elle.

Elle heurta l'angle d'une table. Quelle table ?

(SAUVE-TOI !)

La voix explosa dans sa tête, résonna aux quatre coins d'elle, insupportable, sorte de cri aigu bestial. Elle prit appui sur un siège au pied scellé sur le carrelage pour se donner de l'élan dans sa lente course effrénée. Il lui sembla qu'elle avait gagné un peu de terrain. Mais elle dérapa sur le sol glissant et s'écroula à genoux. La sortie lui parut s'éloigner.

(SAUVE-TOI !)

La douleur fut moins grande lorsque la voix hurla à nouveau, peut-être parce que ses propres sanglots l'étouffaient à présent.

À quatre pattes, elle ne chercha plus à se redresser et continua en rampant. La tête basse, elle cessa de regarder au loin, se concentrant uniquement sur les obstacles immédiats qu'elle pouvait rencontrer au fur et à mesure de sa progression. Elle avança, la vue brouillée par les larmes et les lignes dansantes du carrelage. Puis, sans même s'en rendre compte, elle roula hors du refuge. Tout devint progressivement noir et les bruits s'étiolèrent. Ses sourds battements de cœur s'effacèrent. Mais elle entendit encore une fois la voix.

(Tu as eu de la chance, petite conne).

Chapitre 17

Callie tourna la clé dans la serrure. Sa main tremblait. Elle s'engouffra à l'intérieur et claqua la porte. Pendant une poignée de secondes, elle resta immobile au milieu de l'entrée, haletante. Puis elle se laissa glisser le long du mur, dans un souffle rauque de soulagement. Ici, elle se sentait en sécurité. Solide.

Il faisait presque nuit à présent. Seule la lueur nébuleuse de l'éclairage public apportait encore un peu de lumière. Dans la pénombre, elle détailla ses mains posées sur ses genoux. Elle avait les doigts longs et fins. Elle ne portait aucun bijou. Pas de signe distinctif. Elle releva la tête. Elle distingua les contours de sa silhouette sombre, dans le reflet du miroir en face d'elle. Affadis par la luminosité grisâtre, les traits lunaires d'une inconnue. Les siens.

Elle passa la main dans ses cheveux. Elle les trouva poisseux. Une grimace de dégoût se forma sur son visage. Dans l'émotion, elle devenait quelqu'un. Elle aurait voulu se relever. Allumer la lumière. Se rendre à la cuisine. Manger. Comme d'habitude. Comme avant. Mais malgré la faim qui lui tenaillait le ventre, elle s'en sentait incapable. Quelque chose avait changé. En elle. Elle.

Elle était dans l'expectative d'une solution. Aucune ne lui venait pourtant. Alors, elle s'efforçait de garder le contrôle. Ne pas laisser ses pensées dériver. Ne pas penser.

Elle était bien, ici. La maison sentait bon. Mélange d'odeur de soupe mijotée et de quelque chose d'indéfinissable. Juste le parfum de son univers. Mais il n'était déjà plus qu'un souvenir dont on avait du mal à se rappeler, comme le repas de la veille. Un train passa. Les murs tremblèrent un bref instant. Puis le bruit disparu.

J'ai la maîtrise des choses. Je suis Callie.

Elle soupira. Sa main chercha un point d'appui pour se relever.

Je suis Thémis.

Non. Cela fait beaucoup trop mal.

Et elle se mit à pleurer.

———

La première chose qu'Antoine perçut fut le contact dur du sol contre sa joue, puis contre son corps entier. Dans une semi-conscience, sa main tâtonna à la recherche d'un drap, mais elle n'entra en contact avec rien d'autre qu'une surface lisse et froide. Il se mit à greloter et prit conscience qu'il était nu et allongé sur du carrelage. Il ouvrit les yeux. Son champ de vision encore restreint ne lui permit pas de reconnaître quoi que ce soit de familier. Pendant une poignée de secondes, il eut des doutes sur son identité. La peau frissonnante, il se releva péniblement, les muscles endoloris et la nuque raide. Une vague sensation de vertige lui donna la nausée, accentuée par la forte lumière blanche. Il plissa les paupières et appliqua ses mains sur ses tempes en guise de protection jusqu'à ce que ses pupilles s'habituent. Puis il chercha du regard ses vêtements. Il n'y avait rien autour de lui. Il était dans une sorte de couloir avec pour seul mobilier une table et un siège en métal poli scellés au sol. La question de savoir où il se trouvait resta pourtant en l'état latent dans son esprit embué. Focalisé sur sa nudité, il avait l'impression diffuse et angoissante d'être observé. Mais il était seul. Il regarda autour de lui. A l'extrémité opposée de l'endroit où il se trouvait, il y avait une porte. Encore un peu titubant, il l'ouvrit. La pièce dans laquelle il venait d'entrer ressemblait à un dortoir : de chaque côté d'un couloir étroit, trois rangées de deux lits superposés, strictement identiques. À l'autre extrémité, une porte. Il avisa avec soulagement la couverture de la première couchette, la défit et en entoura sa taille. Instantanément, il se sentit moins vulnérable et lui sembla que ses possibilités de réflexion s'en trouvaient sensiblement accrues.

Il s'assit sur le lit. Il était fatigué. La tête lui tournait. Mais il voulait partir. Retourner chez lui. Mais où était-ce, chez lui ? Il tenta de se souvenir, mais rien ne remonta à la surface de son esprit confus. Il se releva et fit quelques pas en direction de la porte. Tout se mit à tourner autour de lui et il fut pris d'une violente nausée. Il se laissa tomber sur le matelas, dos au mur, les jambes pendantes dans le vide.

Récupérer.

Il faut que je récupère.

Il ferma les yeux. Le manège s'interrompit dans le néant tamisé de ses paupières closes. Il y eut un léger bruit. Quelque part. Un souffle. Peut-être des chuchotements. Mais il n'eut ni la force ni le courage de vérifier. Puis il lui sembla que le bas de son corps glissait dans quelque chose de moelleux, entraîné par un lent tourbillon gris. Tout s'arrêta subitement.

Lorsqu'il rouvrit les yeux, il était debout dans l'allée. Aux deux extrémités, les portes étaient grandes ouvertes, dévoilant chacune un dortoir identique à celui dans lequel il se trouvait. Désorienté, il n'avait plus aucune idée du sens de la sortie. Tout était à présent silencieux autour de lui. Puis quelque chose attira son regard. Un détail.

À sa gauche, le lit avait été défait à la hâte. Les draps étaient froissés, l'oreiller avait été repoussé contre le mur. Il n'y avait plus de couverture. Il se retourna. La scène se répétait à l'identique dans l'autre pièce.

La couverture… Il manque la couverture que j'ai prise tout à l'heure dans la première chambre.

Une goutte de sueur froide roula le long de son épine dorsale.

Je tourne en rond. Je suis dans la boucle infinie de la Zone Grise.

Il ne comprit pas la dernière phrase. Mais elle résonna en lui comme une évidence. Une angoisse profuse le submergea, inexplicable dans son intensité. Et avec elle, une sensation d'étouffement. L'air lui semblait peu à peu aspiré de la pièce. Il suffoqua. Pris de panique, il tomba lourdement à genoux. Dans un dérisoire réflexe de fuite, il rampa sur le sol, une main crispée sur sa gorge, les narines écartées.

Respire.

Ce fut comme un déclic. Rien ne l'empêchait de remplir ses poumons, sauf sa propre angoisse. Il prit une grande inspiration. Avec elle, un flot d'images, de phrases et de chiffres se déversa, dans une succession de flashs.

Zone grise.

Zone Grise ?

Ganymède. Zone Grise.

Thémis. 20. 31.

La maison. 20. 07.

Le refuge. Zone Grise.

La plage. 20. 07.

Marlène. 19. 56.

Il prit à nouveau une profonde inspiration.

Des chevaliers lancés au grand galop le frôlèrent et disparurent dans la forêt. Une odeur fauve de cuir et de métal emplit ses narines. 12. 14.

Quels chevaliers ? 12.14 ?

— Pas 12.14. 1214… Trop loin. S'entendit-il se répondre.

Danger.

Revenir.

Aidez-moi.

Les murs se déformèrent. Il tomba sur le dos. Quelque chose de métallique lui effleura la joue et lui sembla qu'on le heurtait violemment au niveau de la hanche. Mais il ne ressentit aucune douleur. Puis il eut l'impression d'être englouti par le sol qui s'ouvrait sous lui. Il ferma les yeux. Ne pas lutter. Surtout ne pas lutter.

Pas dangereux.

Pas grave.

Il entendit les pas précipités d'une fuite. Au dessus de lui. Peut-être en dessous. Ou latéralement.

« *Tu as eu de la chance, petite conne.* » chuchota quelqu'un derrière lui.

Revenir.

Maintenant.

2007

Antoine se retrouva au pied de l'escalier. Sa main se crispa sur la rampe. Elle exista sous ses doigts.

Merci.

———

Pendant une durée indéterminée, il ne se passa rien. Tout semblait avoir disparu. Elle avait pleinement conscience d'elle-même, mais elle se trouvait dans le vide absolu. Dans cet espace hors du temps, il n'y avait ni son, ni odeur, ni lumière. Elle était dans l'attente. Elle sentait qu'elle aurait dû en être inquiète, mais elle ne parvint pas à faire émerger d'émotion en elle. Alors, elle se contenta de flotter dans l'infini du néant de ses pensées.

Brutalement, elle se sentit aspirée vers le haut. Elle esquissa un geste de défense. Puis elle eut l'impression de planer. Enfin, il y eut le contact de son corps contre une surface souple et chaude.

Elle commença à percevoir des bruits. D'abord sans signification, ils devinrent de plus en plus distincts sans toutefois qu'elle ne parvienne à les situer. Des froissements. Un liquide qui coule. Un murmure lointain. Le son de sa propre voix quelque part dans sa tête, prononçant des mots qu'elle ne comprit pas. Puis quelque chose de tiède glissa sur son visage. Peu à peu, la sensation devint humide. Avec elle, l'obscurité s'étiola lentement. Elle distingua d'abord des taches de couleurs pâles et des formes floues. Ses doigts se resserrèrent sur un tissu épais. Elle passa la serviette éponge sur son corps ruisselant. Elle réalisa qu'elle était dans une cabine de douche. Dans la salle de bain d'Antoine.

Marlène, je m'appelle Marlène.

Sa main libre chercha un appui sur le mur. La preuve tangible qu'elle était bien là où elle se voyait être. Ses doigts rencontrèrent la surface tiède du bois. Elle appréhenda peu à peu la réalité, embrouillée par la somme d'émotions empilées dans un désordre confus. Des images défilèrent dans sa tête et elle sentit les larmes perler au coin de ses yeux. La peau encore humide, elle roula le drap de bain contre son ventre, se laissa glisser le long du mur et éclata en sanglots. Avait-elle une existence réelle ? Quelle était la part du rêve ? Ce sentiment de décalage complet avec elle-même faisait mal. Et les réponses manquaient.

Elle plaqua ses paumes contre ses tempes et ferma les yeux. Elle aurait voulu hurler. Jusqu'à l'inconscience. La vraie. Pas celle du rêve. Et ne jamais se réveiller. C'était cela la solution. Mourir. La vraie mort. Pas celle du passage d'un espace à un autre. Mais elle avait quelque chose de plus précieux que sa vie à perdre.

Retrouver Ganymède.

Où es-tu ?

Elle se releva. Inspira profondément. Il lui sembla qu'une partie d'elle-même retournait dans ce corps censé être le sien. Elle observa ses longs doigts fins avec intérêt. Puis elle sentit ses pensées s'étioler lentement. À nouveau elle pressa ses tempes avec ses deux mains jusqu'à la douleur. Le souffle lui manqua.

Surtout ne pas respirer. Je vais tout perdre.

Elle lutta contre la sensation de privation d'oxygène jusqu'à l'insupportable.

L'insupportable la submergea.

À bout de souffle, elle céda brutalement et prit une profonde inspiration.

— Non, pas maintenant ! Je vous en prie ! gémit-elle.

Mais le phénomène était inexorable. Elle le savait. Elle chercha à intercepter les mots, les images qui s'enfuyaient d'elle.

— S'il vous plaît, demanda-t-elle une dernière fois d'une petite voix plaintive.

Tout disparu. Il ne resta plus que son corps nu recroquevillé contre le mur. Au bout de quelques minutes, elle releva la tête. Son regard s'éclaira. D'un geste, elle effaça les larmes qui coulaient le long de ses joues. Elle se redressa péniblement.

Cela va mieux maintenant, pensa-t-elle.

Chapitre 18

Le Maréchal des Logis José Santini venait de prendre son service. L'horloge ronde cerclée de bleu de la petite gendarmerie indiquait neuf heures : dans sa rigueur toute militaire, José Santini n'était jamais en retard, ni même en avance, il était à l'heure juste. Il s'assit à son bureau et prit une petite liasse de feuilles posées sur le coin gauche laissée par son collègue à la fin de son service de nuit. Il y trouva deux récépissés de plaintes, la première à la suite d'une altercation à la sortie d'une discothèque, la seconde pour une tentative de vol de bagages dans un véhicule sur le parking d'un hôtel. Il y avait aussi un avis de recherche concernant un présumé terroriste basque à la mine patibulaire. Dans un élan de conscience professionnelle, il regarda attentivement la photo noircie par la médiocrité du télécopieur. La probabilité de croiser l'homme recherché ici était aussi infime que celle de rencontrer un ours polaire sur la plage. La routine donc. Rien que la routine. Mais il aimait cette inertie paisible. Il y avait cette douce illusion que rien n'avait changé depuis des générations. Enfin pas vraiment. Pas l'essentiel en tout cas. Pas encore. Mais l'avenir lui faisait peur. Il reposa les papiers dans le casier supérieur étiqueté « affaires en cours » de son trieur avec précaution.

Quelque chose attira cependant son regard. Et une bouffée de contrariété le submergea. Le fax de l'avis de recherche était d'un format légèrement plus grand que les autres et débordait. Avec minutie, il entreprit de raccourcir cet élément subversif à l'aide d'une paire de ciseaux. Mais malgré le soin apporté, le résultat n'était pas parfait. Il maudit intérieurement le fabricant du télécopieur qui n'avait pas été capable de calibrer précisément le découpage des pages au format standard.

Il jeta un bref regard sur l'horloge. Il était presque 9 h15. Il avait assez perdu de temps comme cela. Il s'apprêtait à aller chercher le dossier d'enquête sur lequel il avait travaillé la veille – une banale histoire de graffitis d'adolescents en mal d'autorité - lorsque la porte de service s'ouvrit. Un gendarme en bottes de cuir entra, son casque à la main. Il le salua.

— On file sur un accident. Pas grand-chose. Juste du matériel. Mais c'est la pagaille dans le rond-point.

— Je garde la maison, ne t'en fais pas.

Il brandit alors une feuille en format A4.

— Je t'ai amené de quoi t'occuper en attendant.

— Qu'est-ce que c'est ?

— Une histoire de plastiquage présumé de maison. Dans le quartier des fortunés de la Presqu'île ! Le gratin quoi.

— Comment ça, un plastiquage présumé ?

— Le propriétaire ne sait pas trop. Il y a eu un début d'incendie, rapidement maîtrisé. Et il pense avoir trouvé un détonateur commandé à distance ou quelque chose comme ça.

— Tu en penses quoi ?

— Rien pour le moment. Il ne semble pas y avoir d'urgence. Et rien n'indique qu'il s'agisse en effet d'une bombe. Et puis c'est étrange. Le gars prétend que quelqu'un a plastiqué sa maison, mais qu'une autre personne serait intervenue pour l'en empêcher.

— Qui ça ?

— C'est justement là que ça devient bizarre. Il ne sait pas. Il n'a vu personne. Et puis il n'y a pas eu d'effraction, rien. Je lui ai dit qu'on passerait voir dans la journée. De toute façon, c'est un peu tard pour déplacer la scientifique, il a touché à tout et a déplacé les objets…

Il s'avança et posa la feuille sur le bureau.

— Amuse-toi bien, je t'ai fait un joli rapport, dit-il en quittant la pièce avec un sourire.

Santini avait toujours été admiratif de la capacité de son collègue à utiliser le logiciel de traitement de texte pour rédiger les plaintes et les rapports. Tout était parfait, absolument parfait. En haut à gauche, on y trouvait les références avec la date, l'heure de l'appel, la durée de la conversation et les coordonnées de l'appelant. Le texte était organisé en paragraphes aérés et justifiés. Quand il le voyait taper sur son clavier, Santini en était presque jaloux : son collègue avait une frappe rapide, régulière, et, comble du comble, il avait les yeux rivés sur l'écran, ne regardant ses doigts qu'occasionnellement. Sur le disque dur de l'ordinateur, ses dossiers étaient parfaitement organisés. Santini n'avait jamais pu se familiariser avec cet engin qu'il soupçonnait de le haïr autant que lui pouvait le détester. La souris ne lui obéissait pas : la petite flèche disparaissait aussitôt qu'il y touchait ou fuyait dans un angle, des fenêtres indésirables s'ouvraient alors qu'il lui semblait n'avoir rien demandé. Quant à ses fichiers, il ne parvenait plus à les localiser une fois refermés et les retrouver s'apparentait à une exaspérante chasse au trésor. Non, non décidément, il préférait sa vieille machine à écrire. Il suffisait d'y introduire une feuille de papier et le tour était joué. Oh bien sûr, il tapait lettre par lettre, mais cela allait toujours plus vite que de se battre avec cet engin démoniaque au mode de fonctionnement aberrant (ainsi, Santini ne comprendrait jamais pourquoi il fallait passer par le bouton « démarrer » pour éteindre l'ordinateur).

Il lut intégralement le rapport. Puis il fronça les sourcils et se passa la main sur le visage. Il lâcha un long soupir. Il y avait quelque chose d'étrange. Le côté rationnel de son esprit lui dictait qu'il ne pouvait s'agir que de la mauvaise plaisanterie d'une personne désœuvrée (l'argent ne faisait pas le bonheur, ce n'était plus à prouver). Ou simplement mentalement déséquilibrée. Il y avait bien quelques autonomistes radicaux dans la région. Mais ils se contentaient d'exprimer leurs revendications à coup de bombe de peinture sur les panneaux routiers. Et jamais ils ne s'en étaient pris à un simple particulier. Vengeance personnelle ? Le plaignant n'était installé que depuis quelques jours, il ne connaissait personne. Et à son ancien domicile, il disait n'avoir jamais été l'objet d'une quelconque menace. De toute façon, il n'était même pas sûr qu'il s'agisse d'une bombe. Juste que l'objet qui avait brûlé lui évoquait un détonateur. Éventuellement.

Il n'y avait pas grand-chose qui puisse fonder la légitimité d'une enquête. Un début d'incendie dont les origines n'étaient pas déterminées. Pas de dégâts. Pas de blessés. Pas d'effraction. Pas de témoins. En clair, les possibilités de trouver une explication rationnelle étaient quasi-nulles. Quant à celles qu'elle puisse relever de la matière délictuelle, c'était encore plus improbable.

Une explication rationnelle. Ou irrationnelle.

Il fallait prendre une décision. Cela ne coûtait pas grand-chose de s'y rendre. A de simples fins de vérifications. De toute façon, c'était ce qu'on attendait de lui, de la force publique qu'il incarnait. Son esprit rationnel acquiesça. C'était raisonnable. Il partirait lorsque ses collègues reviendraient. Il devait toujours y avoir quelqu'un au bureau, particulièrement lors des heures d'accueil du public.

Il n'eut pas à attendre bien longtemps. Quelques minutes après qu'il eu pris sa décision, il entendit les motos ronronner dans la cour.

Tu es déjà mort.

Chapitre 19

Pendant longtemps, Callie resta sourde aux appels qui se répercutaient en elle. Elle se raccrocha aux bruits de son environnement. Régulièrement, le sifflement d'un train au freinage rompait le silence. Les murs tremblaient un peu. Elle esquissait alors un sourire. Le cours des choses simples la rassurait. Puis, avec le cœur de la nuit, le silence s'installa durablement. Elle était seule dans sa maison vide. Plus aucune vie du dehors pour la raccrocher à l'utopie de son existence. Elle pleura. Elle savait qu'elle ne pourrait pas tenir indéfiniment ainsi. À bout de force, elle ferma les yeux.

Il n'y eut d'abord que le noir. Le néant semblait avoir tout absorbé. Même le silence. À part elle, plus rien n'avait d'existence. Elle avançait. Peut-être. Comment avoir la moindre certitude ? Elle décida que cela n'avait aucune importance. Le temps aussi avait disparu. Si tant est qu'il n'ait jamais existé.

Elle aurait pu paniquer. Tenter de sortir. Mais quelque chose de cet état lui était familier, sans qu'elle ne parvienne à ne dire quoi. Alors, elle continua, sans chercher à attendre ou à désirer.

Il y avait une trouée blanche, juste devant. Elle marcha vers la lumière. Peu à peu, des formes émergèrent. Elle arriva au bord d'une piste circulaire de sable entourée d'une palissade de bois. Elle en fit d'abord le tour pour y trouver l'entrée, mais il n'y en avait pas. Alors, elle escalada les rondins et s'assit au sommet. Autour d'elle, la nuit était profonde, mais étrangement lumineuse. Le ciel était parsemé d'étoiles brillantes. Quatre grosses lunes identiques se partageaient ce qui pouvait être les points cardinaux. L'air était immobile.

Le cercle était éclairé par une forte lumière à la provenance inconnue. Un cheval galopait probablement à l'intérieur. Elle ne le voyait pas cependant. Elle entendait seulement le bruit sourd et cadencé de ses sabots foulant le sol. Lorsqu'il passait devant elle, une odeur fauve se répandait dans l'air.

Elle réalisa qu'il y avait un homme assis en face d'elle, de l'autre côté du corral. Il semblait la contempler. Gênée, elle baissa les yeux et s'attacha à suivre la fuite infinie du cheval invisible.

Puis l'homme fut à présent assis à ses côtés.

— Que fais-tu là ? Lui demanda-t-il.

Elle allait répondre, mais il posa son index sur ses lèvres. Sa peau était froide et rêche.

— Rien de ce que tu vois n'existe vraiment. Seules tes pensées sont valeur.

L'homme descendit de la barre. Ses pieds foulèrent le sable gris. Il y eut un peu de poussière. Le cheval sembla passer tout près de lui.

— Regarde-moi, Thémis, dit-il sans lever les yeux.

— C'est la vérité, reprit-il.

Le galop s'interrompit. Elle n'entendit plus que le souffle saccadé de l'animal.

— Ce que tu fais ne sert à rien, poursuivit l'homme en reculant le long de la palissade.

— Attendez ! Où sommes-nous ?

Il s'arrêta. Elle osa enfin le regarder. Il était plutôt petit, de constitution frêle. Et sous la lumière crue, ses traits lisses et son teint lunaire ne permettaient pas de lui donner un âge. Ce n'était cependant pas un enfant. Ses larges pupilles noires la scrutaient avec une étrange acuité.

— Dans l'*entre-deux*. Tu sais cela aussi bien que moi.

Il disparut brutalement. Un vent frais s'était levé. Elle frissonna. Elle regarda ses mains. Sa peau était pâle, presque brillante sous la lumière blanche. Elle ne voyait toujours pas le cheval. Mais elle l'entendait marcher nerveusement. Elle se retourna. Derrière elle, il n'y avait rien d'autre que la nuit. Ou une masse noire. Elle ne savait pas très bien ce que c'était. Elle allait dire quelque chose, mais elle se sentit tomber en arrière.

Elle perçut le râle d'un souffle profond. Le sien. Puis les choses devinrent plus tangibles. Son dos lui fit mal. Elle était toujours assise le long du mur, sur le carrelage de l'entrée. Une voiture passa dans la rue dans un glissement léger.

J'ai peur, confessa-t-elle.

— Tu n'es pas seule, répondit l'homme.

Elle eut un sanglot étouffé. Tout son corps trembla puis se figea. Son cœur cessa de battre. Pour l'éternité. Un instant.

Le Passage.

Pas grave. Pas dangereux.

Thémis. Enfin de retour.

———

Santini stationna sa voiture le long d'un muret de pierres. La bâtisse était cossue, réplique moderne des longères du siècle dernier. Le portillon avait été laissé ouvert. Il battait un peu au vent. Il le referma derrière lui avec précaution. Il suivit une allée pavée jusqu'à une large porte de bois. La sonnette ne comportait pas de nom. Il la pressa brièvement et attendit. Aucun bruit ne filtra à l'intérieur. Il patienta quelques instants puis appuya plus longuement. Il n'y eut pas davantage de signes de vie. Il regarda autour de lui. Le jardin était paysagé. Mais son entretien laissait à désirer. La pelouse était montée en graines et des herbes folles jaillissaient des massifs de fleurs. Les arbustes n'avaient pas non plus été taillés. Les volets étaient fermés. Il sonna encore une fois. Toujours rien.

Santini aurait dû faire demi-tour. La maison était inhabitée. Probablement depuis un certain temps. Une mauvaise plaisanterie sans doute. Quelque chose l'en dissuada. Une sorte de pressentiment. Ou alors était-ce le silence étrange de l'endroit. L'impression était fruste. Il avait envie de partir. Mais il ne parvenait pas à s'y résoudre. Il avait soif et les mains moites.

Il s'apprêtait à faire le tour du jardin lorsqu'il y eut un claquement sec dans la serrure. La porte s'ouvrit lentement, comme tirée par une main invisible. Il hésita un peu. Et entra. La pièce était plongée dans le noir. Il allait allumer sa lampe électrique lorsque les volets commencèrent à remonter doucement le long des baies vitrées. La lumière du soleil dévoila une grande salle de séjour avec une vue imprenable sur la mer. Il fit quelques pas.

— Il y a quelqu'un ? appela-t-il.

Il se retourna brusquement, le cœur battant. Il n'était pas spécialement impressionnable. Son métier exigeait un certain sang-froid. Pourtant, il était inquiet. La porte d'entrée était toujours largement ouverte sur le dehors. L'endroit sentait le propre. Des effluves citronnés flottaient dans l'air. Tout était en ordre. Il passa son doigt sur la commode de l'entrée. Pas de poussière. Il avança jusqu'au centre de la pièce.

— Est-ce qu'il y a quelqu'un ? demanda-t-il à nouveau.

La maison semblait déserte. À part le grincement de ses chaussures, le silence était collant. Il contourna le plan de travail et entra dans la cuisine. Pas une goutte d'eau dans l'évier. Sur le bord, une éponge neuve. Il ouvrit le placard qui se trouvait dessous. Du côté gauche, une poubelle coulissante. Vide, mais pourvue d'un sac. À droite, des rayonnages garnis de produits ménagers. Il les prit l'un après l'autre. Les ouvrit à la recherche de l'odeur de citron. En vain. Et aucun n'avait encore été entamé. Il examina le réfrigérateur. Il ne contenait rien d'autre qu'une plaquette de beurre. Il s'en saisit. Il eu l'impression que son cœur faisait un bond dans sa poitrine.

« Date de fabrication : 07/07/2007 – à consommer de préférence avant le 28/07/2007 »

Quelque chose lui échappait. Il regarda sa montre. Elle continuait d'indiquer le 18 mai 2007. Devenait-il fou ? Il se redressa. Il lui avait semblé avoir entendu quelque chose. Peut-être un chuchotement. Il resta parfaitement immobile, l'oreille attentive.

— Il y a quelqu'un ? dit-il encore.

Malgré le silence, il était de moins en moins certain d'être seul dans cette maison. Il sentit monter en lui une angoisse sourde. Santini ne croyait pas aux fantômes. Ni aux phénomènes surnaturels. Et pas davantage en Dieu. Pourtant, ce qu'il percevait de l'atmosphère de cet endroit n'avait aucune rationalité. Il balaya l'espace d'un regard inquiet. Même la corbeille de fruits avait quelque chose d'anormal.

Parce qu'elle n'était pas là. Juste avant.

Il en était absolument sûr.

Mais juste avant quoi ?

Ses mains commencèrent à trembler. Il ouvrit le congélateur. Sur les clayettes en verre, des plats cuisinés avaient été empilés. On en avait retiré l'emballage en carton. Sur chacune d'elle, on avait pris soin d'inscrire au feutre noir la date de péremption, le contenu et les modalités de cuisson. Quelqu'un vivait ici.

Sa respiration était bruyante. Il aurait voulu partir. Sans pouvoir. Il recula. Son pied gauche heurta quelque chose et il trébucha. Un balai était posé par terre, en travers du passage. Pouvait-il simplement ne pas l'avoir remarqué ? Peut-être était-ce à cause du jour qui déclinait. Mais c'était impossible. Il n'était pas encore midi et il faisait un temps magnifique. Il regarda en direction de la mer. Le soleil s'y noyait peu à peu. Le crépuscule.

Va t-en.

Il se retourna. Sur l'affichage du four électrique, les chiffres de l'heure défilaient rapidement.

19 h 59

23 h 34

02 h 46

Il se raccrocha au bord du plan de travail. Il ne savait pas s'il devait céder à la panique ou se retrancher derrière sa raison chancelante. Quelque chose en lui se fracturait. Il ouvrit à nouveau le réfrigérateur. La plaquette de beurre avait disparu. A sa place, quatre yaourts aux fraises.

« À consommer avant le 24/02/2015 ».

Trop tard.

Dans un geste de répulsion, il lâcha le pot qui s'écrasa au sol, éclaboussant les meubles et le bas de son pantalon de sa texture crémeuse. Il sentit qu'il vacillait. Son dos heurta l'angle du bar. Il fallait partir. Retrouver la réalité de la matinée du 18 mai 2007. Sa réalité. Il ébaucha un pas. Sa jambe était lourde et pesante. Malgré un effort qui lui sembla colossal, son pied n'avança que de quelques millimètres sur le carrelage blanc. Il avait peur. Sa main droite se porta en direction de sa hanche, cherchant son arme à feu à sa ceinture. Mais elle ne semblait rien d'autre que l'extrémité d'une branche morte, détachée de sa volonté.

Quelque chose se coula entre ses mollets. Une forme lisse, chaude et ondoyante. Il n'eut pas le courage de baisser les yeux pour en affronter la réalité. La chose miaula. Un chat. Simplement un chat. Alors, il osa regarder. L'animal se dressa sur ses pattes arrière, et de sa tête vint heurter son genou à la recherche d'une impérieuse caresse. Son pelage était noir. À son cou, un collier de cuir duquel pendait une médaille.

Santini distingua parfaitement les lettres dorées gravées sur le médaillon qui formaient une phrase.

Tu es déjà mort.

En revanche, il ne vit pas le message en lettres rouges qui clignotait sur la porte du réfrigérateur.

Intrusion non agréée. Mode de défense activé. Contact dans 10 secondes.

7

6

5

4

3

2

1

Contact.

Il n'y eut aucun bruit. Juste un éclair blanc qui figea l'espace une fraction de seconde. Le chat ferma les yeux, instinctivement.

Santini prit une grande inspiration. L'air sentait le sel. La marée était basse. Il regarda sa montre avec indifférence. Il hésita un peu puis il monta dans sa voiture, dans une succession de gestes saccadés.

Je suis désolé, dit une voix lointaine.

Chapitre 20

Les yeux clos, Juliette se laissa glisser le long du mur. Elle haletait bruyamment. Dans le noir, plus rien ne dansait et la sensation de nausée avait fini par s'estomper. Lentement, elle ouvrit les paupières. Les lignes restèrent droites et immobiles. L'adaptation était terminée. Elle regarda autour d'elle. Elle se trouvait sous une cage d'escalier. Elle huma l'air. Une odeur âcre de fumée flottait encore. Mais l'incendie avait été éteint. Elle examina ses bras. Le dos de sa main gauche était un peu rouge. La brûlure était superficielle cependant. Elle n'avait pas lâché la plaque assez vite lorsqu'elle avait soudainement pris feu.

Elle était en sécurité ici. Elle le savait. Cela n'avait rien à voir avec l'absence de bruit autour d'elle. Elle se trouvait dans un espace-temps intermédiaire. Une sorte de brèche qui n'appartenait qu'à elle. Elle sourit. Elle n'était pas seulement capable de communiquer par la pensée avec ses semblables. Elle pouvait aussi se déplacer dans le temps. Un simple décalage de quelques secondes. Ou davantage. Et cette nuit, elle y était parvenue seule, pour la première fois.

Les choses ne sont pas tout à fait ce que tu imagines. Mais tu as fait un grand pas.

La voix était douce, comme un chuchotement. La même que celle qui l'avait accompagnée toutes ces années.

Avant.

Pleine d'assurance, elle se leva et fit quelques pas. Elle était toujours au pied de l'escalier. Elle distinguait nettement les limites de sa bulle temporelle. C'était flou et dense comme de l'eau. Elle reconnaissait difficilement la porte grande ouverte par laquelle elle était arrivée. La porte interdite. Elle n'éprouva pas de remords d'avoir transgressé la règle. Elle n'avait existé que pour lui permettre de franchir une étape le moment venu. Personne ne lui ferait le moindre reproche lorsqu'elle reviendrait, elle le savait.

Avec un mélange de curiosité et de fascination, elle s'approcha de la frontière et avança sa main.

— Est-ce que je peux la toucher ? Interrogea-t-elle.

Oui. Tu comprendras.

Avec confiance, ses doigts s'enfoncèrent dans la masse incolore du temps. La sensation fut liquide et froide. Elle eut une exclamation de surprise. Puis tout son corps fut happé en avant, à travers.

À travers quoi ?

Son visage plongea dans l'eau invisible. Par réflexe, elle bloqua sa respiration. Elle s'attendait à traverser de l'autre côté. Mais elle coula encore plus profondément, tête la première. L'air commença à lui manquer. Elle aurait voulu appeler la Conscience collective à l'aide, mais cela lui semblait aussi impossible que de crier. Elle se noierait aussitôt. La panique la saisit.

Respire.

À court d'oxygène, elle inspira profondément. À présent rassérénée, elle réalisa qu'elle flottait. Ou plutôt n'y avait-il plus de sol. Tout n'était qu'espace, sans aucun obstacle.

Tu as compris ?

Je ne suis pas certaine.

Rien n'existe, à part toi. Le reste n'est qu'une illusion, au même titre que le temps.

Je ne comprends pas.

Mais cette fois, il n'y eu pas de réponse.

Quelque chose de chaud la toucha sans qu'elle ne parvînt à dire où. Une sensation de chaleur la remplissait peu à peu, chassant le froid liquide. Puis elle sentit à nouveau le sol sous ses pieds. Et le poids de son corps sur ses jambes. Autour d'elle, les formes se dessinèrent lentement. Elle était dans un couloir. Devant elle, une porte était fermée. La porte interdite.

Je suis revenue.

Oui. Si tu retournais dormir, Juliette ?

Elle sourit.

Pas encore. Répondit-elle simplement.

Puis,

Je veux aller dehors.

Elle s'enfonça à nouveau dans le mur liquide du temps.

Chapitre 21

Le cœur encore battant de l'effort, Antoine traversa la salle de séjour. Il se dirigea vers les baies vitrées et pressa la commande des volets roulants. L'état d'avancement du jour était désormais son seul repère. Lentement, le paysage se découvrit.

La mer était une immensité grise. Les crêtes des vagues scintillaient sous la lumière froide de la lune. Il regarda autour de lui. La pénombre semblait avoir figé le temps. Ou alors était-il dans un autre temps. La nuit ne l'avait jamais intrigué. Mais depuis qu'il vivait ici, elle était la porte d'entrée d'un nouveau monde.

Rien de ce qu'il n'avait déjà vécu jusque-là ne pouvait le rattacher à ce qu'il expérimentait aujourd'hui. Des images se mélangeaient dans sa tête. Des émotions émergeaient en lui. Les souvenirs étaient là, tout près, il le savait. Mais il ne parvenait pas à remonter le fil de l'histoire.

Viens, chuchota la voix dans sa tête, caressante comme de l'eau qui coule.

Il s'accroupit. Prit sa tête entre ses mains et ferma les yeux. Se rappeler. Juste un effort de concentration. Il attendit, l'esprit bouillonnant. Mais rien ne remonta à la surface. Juste la douleur des muscles tendus de ses cuisses. Il tint bon cependant, balayant d'un revers de pensée les signaux de son corps fatigué. Puis il perdit peu à peu la notion du temps. Peut-être resta-t-il longtemps ainsi.

À bout de force, il finit par basculer sur le côté. Mais il était tellement loin de lui qu'il ne bougea pas et resta couché sur le flanc, comme un animal blessé.

Il ne voyait rien. Mais il sentait, entendait. Ses narines se remplissaient d'une odeur de cuir et de sueur animale à chaque inspiration. Le roulement sourd d'un galop martelait dans ses oreilles. Tout près. Des flots d'images saccadées se déversaient. Des cavaliers. Des étendards de velours rouges et verts flottant au vent. Il frissonna lorsque quelque chose de métallique toucha sa peau sans lui faire mal. Puis le sabot d'un cheval s'enfonça mollement au milieu de son dos et le traversa. Il perçut parfaitement la froideur du fer et les aspérités des clous plantés dans la corne le pénétrer au plus profond de ses chairs. Aucune douleur ne vint pourtant. Pas la moindre sensation de malaise. Et devant lui, une trouée jaune.

Le panorama s'ouvrit brusquement. Il voyait. Vraiment. Il était dans la trajectoire des cavaliers. Machinalement, il porta son bras devant son visage pour se protéger des sabots qui allaient l'écraser. Mais il ne se passa rien. Il n'avait pas de bras. Son corps n'avait pas d'existence, simple forme délimitant la frontière de ses sensations.

La stupeur passée, il regarda autour de lui. Les cavaliers s'étaient éloignés à présent. Ils avaient arrêté leurs montures en lisière d'une forêt dense et semblaient hésiter à s'y engager. Antoine alla vers eux. Ses pieds ne foulèrent pas le sol. Il flottait.

C'était une sensation incroyable. Comme nager dans une eau sans densité. Il plongea vers l'avant. Son visage glissa dans la terre fraîchement remuée. Une odeur végétale emplit ses narines. Puis son corps se posa doucement dans l'herbe.

Il s'assit. Puis il se releva. Il sentit son corps le réintégrer. Mais les cavaliers ne pouvaient pas le voir. Il l'avait compris au moment où il avait été piétiné par leurs chevaux. Il regarda ses mains. Elles étaient couvertes de terre humide. D'un revers de son bras, il essuya sa joue. Puis il passa ses doigts dans ses cheveux. Il en retira quelques débris de végétaux. Il sourit. Il devait être méconnaissable.

Il se trouvait au milieu d'une vaste étendue d'herbe rase. Derrière lui, la mer. Les cavaliers étaient toujours à la lisière de la forêt, à quelques mètres de lui. Ils les entendaient parler entre eux. Ils s'exprimaient dans une langue qu'il ne comprenait pas, mais le ton de leurs voix traduisait une vive inquiétude. Les chevaux regimbaient, ronflaient d'angoisse. Les harnachements métalliques tintaient sous les coups de tête des montures anxieuses.

Soudain, quelqu'un parla.

— C'est nous qui leur faisons peur. Ils nous sentent. Je veux dire, leurs chevaux.

Une jeune fille brune se tenait à sa gauche. Elle était assise par terre, ses bras enserrant ses genoux, un vague sourire sur les lèvres.

Elle était seulement vêtue d'une fine chemise de nuit de coton. Elle n'avait pas de chaussures. Elle était là, près de lui, comme si elle s'y était toujours trouvée. Il eut un mouvement de recul.

— Qu'est-ce… qu'est-ce que tu fais là ?

— La même chose que toi, on dirait. Je me promène.

Elle désigna du doigt le groupe de cavaliers.

— Ils ne comprennent pas pourquoi leurs chevaux ont peur. Ils pensent que c'est à cause de la forêt. Ils doivent croire qu'elle est ensorcelée ou quelque chose comme ça.

— Tu comprends ce qu'ils disent ?

Elle le regarda. Elle avait les yeux très noirs, comme ses longs cheveux.

— Non, répondit-elle simplement. Mais ça n'a pas tellement d'importance.

— Et tu étais déjà là quand je suis arrivé ?

— Tu étais là le premier.

— Comment est-ce que tu es venu ici ?

Elle ne répondit pas, mais fit un geste pour l'inciter à se baisser. Il hésita, regarda autour de lui et s'assit près d'elle.

— Oh tu peux t'assoir, on ne risque rien.

— Comment le sais-tu ?

— Parce qu'il n'y a que nous.

— Et eux ? Dit-il en désignant d'un hochement de tête le groupe de cavaliers toujours hésitant à entrer dans la forêt.

— Ils ne comptent pas. Nous n'existons pas pour eux.

— Nous nous déplaçons dans le temps, c'est ça ?

Elle sourit. Ses prunelles noires pétillaient d'excitation.

— Non. Nous déplaçons le temps.

Elle se releva brutalement. Elle était grande. Il n'arriva pas à lui donner un âge. Peut-être était-elle seulement adolescente.

— Où vas-tu maintenant ?

— Il faut que je rentre. J'ai un peu sommeil. Le jour va bientôt se lever. Enfin, là d'où je viens.

Elle fit quelques pas. Antoine se redressa et la prit par la manche de sa chemise de nuit.

— Comment tu vas faire ? Je ne sais même pas comment je suis venu. Aide-moi.

— Si, tu le sais. Il suffit juste de vouloir s'en aller.

Elle se dirigea vers la mer. Ses pieds nus foulaient à peine le sol.

— Attends, je ne sais même pas qui tu es !

Il resta quelques secondes incapable de prononcer un mot. Et puis quelque chose remonta en lui.

— C'était toi, dans ma maison, cette nuit ?

Elle se retourna. Elle était radieuse.

— Oui. Je m'appelle Juliette. Mais moi aussi je suis chez moi, dans cette maison.

— Comment ça ? répondit-il interloqué.

En guise de réponse, elle lui tendit la main. Elle tenait une petite boite verte en carton où était apposée une étiquette.

— C'est pour toi.

— Qu'est-ce que c'est ?

— Des Tiges à lapins. Il faut les remettre à leur place. Elles n'ont rien à faire ici, dit-elle en fronçant les sourcils d'un air soucieux. Elle n'aurait pas dû y toucher…

— Des quoi ? Mais de qui parles-tu ?

Mais elle ne répondit pas. L'instant d'après il était seul. Il ne la vit pas partir. Elle n'exista simplement plus. Il réalisa que les cavaliers avaient eux aussi disparu. Peut-être s'étaient-ils enfin engagés dans la forêt ? Ou était-ce le signe que le cours du temps avait encore été bouleversé ?

Il examina la petite boite verte. Sur l'étiquette, il lut :

« Tiges à lapins – 10 pièces. »

Son premier réflexe fut de tenter de l'ouvrir pour regarder à l'intérieur. Mais il n'y parvint pas. Et Juliette avait précisé qu'il fallait ramener la boite à sa place. Il n'insista pas et la glissa au fond de la poche de son pantalon. Quant à savoir où il devait la ranger, c'était une question sur laquelle il se pencherait plus tard.

Il regarda autour de lui. L'herbe était rase, mais très verte. Le sol était encore souple et frais. Sans doute était-ce le début du printemps. La mer était calme, à peine ridée par un vent tiède. Il descendit jusqu'à la plage. Il ignorait quelle heure il pouvait être. Peut-être aux alentours de midi. Il n'avait ni faim ni soif. Il retira ses chaussures et marcha dans l'eau. De petites vaguelettes s'insinuèrent entre ses orteils. Il frissonna.

Le paysage était le même que celui qu'il voyait tous les jours de sa terrasse. L'entrée de la baie, les quelques îlots rocheux... La végétation seule était différente. Les terres étaient recouvertes de forêts denses, à l'exception des rivages et de l'endroit où il se trouvait à son arrivée. Les harnachements des chevaux et les lourdes mailles d'acier des vêtements des cavaliers lui évoquaient le moyen-âge.

Il faut rentrer, maintenant, chuchota-t-il à l'intérieur de lui-même.

Il regarda encore un peu le paysage. Devant lui. Derrière lui. Pas une habitation. Aucun signe d'activités humaines. Un grand vide. Peut-être n'était-il plus à la même époque. Peut-être était-ce encore avant. Il éprouva une vague inquiétude. Et si Juliette lui avait menti ? S'il ne parvenait pas à repartir ? Que deviendrait-il ? Mourrait-il de faim ou de soif ? Ou serait-il condamné à errer éternellement dans ce monde désert ?

Il pensa à la maison. Une bouffée de réconfort réchauffa sa poitrine. Il chercha du regard l'endroit où elle aurait dû se trouver. Mais il ne reconnut rien.

Je veux rentrer chez moi.

Il lui sembla que le sol s'effondrait brutalement sous ses pieds. Il se laissa couler sans résistance.

Tu avais raison, Juliette.

Je ne t'aurais pas abandonné, chuchota-t-elle doucement dans sa tête.

La voix… C'était toi…

Il sentit cette pensée s'évaporer. Il comprit.

Tout s'effacera à la sortie du Passage.

Ce fut son ultime réflexion avant que tout ne disparaisse.

Il lâcha la boite verte.

Puis il oublia.

———

Le lapin était sorti prudemment du buisson. Son nez fendu palpitait de méfiance. Il se dressa sur son postérieur et huma l'air, l'œil inquiet. Il écouta longuement les bruits, faisant pivoter ses oreilles d'avant en arrière. Peu à peu, son attention se relâcha. Il n'y avait pas de danger.

Il avança dans l'herbe tendre et commença à brouter. Le jour se levait. Les ombres s'étiolèrent, les couleurs devinrent plus éclatantes. Un autre lapin se faufila à son tour hors de sa cachette. Le premier vint à sa rencontre. Leurs museaux se touchèrent en signe de reconnaissance. Ils étaient parfaitement semblables. Leur pelage était blanc, leurs yeux bleu-turquoise cerclés de noir. Un à un, d'autres les rejoignirent. Puis ils se dispersèrent dans le jardin par petits groupes, se délectant des fleurs à peine écloses qui tapissaient le sol.

Au bord du taillis d'où ils avaient tous émergé, on distinguait les restes d'une petite boite verte. L'un de ses flancs avait implosé. Autour de l'emballage déchiré, tel un mikado inachevé, des sortes de bâtonnets de bois entourés de filaments blancs à moitié déroulés et emmêlés les uns dans les autres. Un peu à l'écart, l'une des baguettes semblait encore intacte. Elle ressemblait un peu à un coton-tige dont la ouate aurait recouvert l'intégralité du bâtonnet. Elle se mit à bouger légèrement, puis à vibrer. La substance cotonneuse qui recouvrait la tige de bois se relâcha progressivement. Une masse se forma le long de la baguette, semblable à une grosse graine de haricot. Puis la chose se mit à grossir rapidement et la membrane qui la recouvrait devint translucide. Lorsqu'elle atteignit la taille d'une prune, elle se détacha de son support, entraînant avec elle des filaments de ouate. Elle se rompit soudainement dans un bruit mouillé. Une créature luisante roula sur le sol recouvert de feuilles mortes. Pendant quelques secondes, elle resta totalement inerte. Puis elle fut prise de soubresauts convulsifs et sembla se déplier, se débarrassant de la poche dans laquelle elle était née. Elle tomba sur le côté. De grands yeux d'un bleu profond s'ouvrirent et ses deux longues oreilles se déplièrent. Au prix de quelques efforts, elle parvint à se redresser sur ses pattes et commença à lécher frénétiquement son poil pour se sécher. Secouée de tremblements, elle avait du mal à conserver son équilibre. Puis, peu à peu, elle sembla s'accoutumer aux exigences de la verticalité. À mesure qu'elle consomma consciencieusement la membrane qui l'avait recouverte, elle grossit à vue d'œil jusqu'à atteindre la taille d'un chat. C'était à présent un lapin blanc. Timidement, il pointa le bout de son petit nez fendu hors de sa cachette, pour s'assurer de l'absence de danger. Puis il rejoignit les autres sur la pelouse. Derrière lui, dans la semi-pénombre du buisson, une autre tige se mit à vibrer.

Appuyé contre la rambarde de la terrasse, Antoine contempla un instant le paysage qui s'offrait à ses yeux. Il était tôt et les bruits du jour étaient encore assourdis, dilués dans le silence de la nuit. L'air sentait bon. Il ferma les yeux. Il était bien ici. Juste bien. Il ne pouvait pas expliquer pourquoi. Il ne s'était jamais trouvé autant dans l'incertitude et le questionnement, mais il lui avait enfin l'impression d'exister de façon tangible. Il attrapa sa tasse de café et la porta à ses lèvres.

Il se demanda si Marlène était réveillée. Il lui semblait avoir passé une bonne nuit. Il sourit un peu à cette idée. Elle avait dormi près de lui. Il la connaissait à peine pourtant. Il n'avait pas eu envie de la toucher. Il ressentait juste une sorte d'évidence à sa présence. C'était étrange. Mais peut-être n'était-ce que parce qu'il n'avait rien connu d'autre que la banale succession de jours identiques auparavant. Il lui sembla que le temps avait défilé, mais ce matin, cela n'avait pas d'importance.

Et puis il aperçut les lapins.

La boite verte… Tige à lapins…

Ce n'était pas un souvenir. Juste quelque chose de familier. Si proche, tout près.

Tout s'est effacé dans le Passage…

Il ferma les yeux. Lorsqu'il les rouvrit, un petit groupe de lapins s'était formé en bordure d'un buisson couvert de fleurs blanches. Ils ne semblaient pas l'avoir remarqué. Ils étaient occupés à brouter l'herbe, le nez au ras du sol.

Il sentit son cœur s'accélérer.

Il descendit doucement les escaliers. Les lapins levèrent la tête vers lui et le regardèrent. Ils ne parurent toutefois pas effrayés et retournèrent à leur occupation. Il n'était plus qu'à un mètre d'eux lorsqu'une voix l'interrompit.

— Ne les touchez pas !

À demi cachée par la haie, Anita se tenait en face de lui. Elle semblait soucieuse.

— Antoine !

Elle avait presque crié.

— Il fallait remettre la boite à sa place…

Il la regarda avidement. Il allait savoir, enfin… les mots semblaient brûlants. Le souvenir était là, tout près.

— Antoine, où penses-tu que nous sommes ? dit-elle en se tordant nerveusement les doigts.

— Comment ça ?

— Réponds-moi.

Un sourire hésitant se dessina sur son visage.

— Je suis dans le jardin de la maison que je viens d'acheter. Vous êtes ma nouvelle voisine. Nous sommes le …

Il s'interrompit.

Mais quand sommes-nous ?

Ce fut comme un trou qui s'ouvrait devant lui. Ou du moins prit-il conscience de son existence pour la première fois.

— Tu ne sais pas. Affirma-t-elle. Tu ne sais pas pour une raison toute simple.

— Je ne m'en souviens plus…

— Non. On ne peut pas oublier quelque chose qui n'existe pas. Ici, il n'y a pas de date. Le temps n'existe pas.

Une boule se forma au creux de son estomac. Il avala sa salive avec difficulté.

— Mais… c'est impossible.

— Quel est ton nom ? Je veux dire, ton vrai nom ?

— Je m'appelle Antoine. Vous le savez, vous le saviez même avant que je ne vous le dise.

— Non. Celui-là, tu l'as inventé. Et ce corps n'est pas vraiment le tien, dit-elle en le détaillant de la tête aux pieds.

Elle poursuivit.

— Te souviens-tu du monde des *Autres* ? Et des heures, invariablement les mêmes ? Tu n'étais qu'un voyageur en transit. Enfin, tu es arrivé ici, aux portes de la Zone Grise. Avec elle.

— Qui, elle ?

— Marlène.

— Mais non, nous nous sommes rencontrés sur la plage…

Il ne finit pas sa phrase. Comment Anita connaissait-elle l'existence de Marlène et son prénom ?

— Vous vous connaissez depuis longtemps…

— Non, non… Enfin, je ne me rappelle pas, admit-il.

— Ça va revenir, ne t'en fais pas.

Elle franchit le buisson qui séparait son jardin du sien. Puis elle se pencha et attrapa l'un des lapins dans ses bras. Elle lui tendit l'animal et sans attendre sa réaction, le plaqua fermement contre sa poitrine. Le lapin était lourd et étrangement froid.

— Il faut terminer à présent, dit-elle doucement.

— Vas-y, Ganymède, dit-elle encore.

Ce fut la dernière chose qu'il entendit.

Il franchit à nouveau le Passage. Le lapin se désagrégea dans ses bras comme du sable. Tout devint noir.

Il prit une grande inspiration. La lumière revint brutalement et son champ de vision s'élargit.

————

Il y eut d'abord un long moment de silence. Ils n'osaient pas se regarder. Finalement, Ganymède se leva et se tourna vers la mer. Son regard balaya lentement le paysage. La baie baignait dans lumière mauve du jour finissant. Bientôt la nuit. Les ombres. Une fin pour un autre commencement.

Il savait qu'ils étaient arrivés à un point de non-retour. Tout allait basculer. Il en avait viscéralement envie. Mais le franchissement de cette frontière modifierait à jamais le cours des choses. Une fin pour un autre commencement.

Il pouvait attendre. Le pas ne serait jamais franchi. Il tiendrait. Il avait déjà tenu tout ce temps. Ce serait une frustration rassurante. Pas de commencement. Pas de fin.

Mais il n'était pas seul dans cette décision. Elle ne renoncerait pas à cet horizon pour se contenter d'une petite boite aux contours étroits dans laquelle enfermer le désir. Il pourrait sans doute lui résister quelque temps. Malgré tout, il n'était qu'un homme.

Un homme à présent beaucoup plus âgé qu'elle. Bon sang qu'elle était jeune… Il lui semblait pourtant qu'il n'avait jamais cessé d'être adolescent, traversant les mondes, à mesure qu'il déplaçait le temps. Pourtant, avec elle, il se sentait infiniment vieux.

Il aurait pu fuir. Comme il l'avait fait jusque-là. Cela n'aurait servi à rien. Parce que cela n'avait servi à rien pendant tout ce temps. Il aurait pu tenter de la décourager, de laisser vivre une émanation de lui qu'elle aurait détestée. Il ne l'avait pas fait. Elle le connaissait dans les moindres recoins de son âme, elle ne se serait pas laissé prendre. Elle aurait simplement été malheureuse. Et ses fuites l'avaient déjà bien assez blessée.

Loin dans ses réflexions, il ne l'entendit pas se lever et s'approcher de lui. Il sursauta légèrement lorsque sa main se glissa le long de sa nuque. Il frissonna. Son bras fin enlaça sa taille. Ses lèvres se posèrent sur son cou. Elle l'embrassa doucement, remontant lentement vers sa bouche.

— Tu es sûre ? murmura-t-il, la voix presque chevrotante.

Elle ne répondit pas. Elle était face à lui à présent. Les yeux mi-clos, elle évita son regard. Elle sembla vouloir le goûter, ses lèvres se posèrent doucement sur les siennes. Elle le repoussa lorsqu'il tenta de la prendre dans ses bras.

— Pas encore, souffla-t-elle.

Il parvint à lui voler un baiser dans le cou. Son odeur sucrée l'engourdissait peu à peu. Elle aussi commençait à perdre le contrôle. Un peu tremblante, elle déboutonna sa chemise. Ses mains tièdes coulèrent le long de sa poitrine, s'emparant de la moindre parcelle de peau, son territoire à présent.

Il inspira bruyamment, presque un gémissement. Ses pensées se figèrent un instant puis elles disparurent, atomisées. La tête lui tournait un peu. Il la prit par les hanches. Il s'attendit à ce qu'elle le repousse à nouveau, mais elle s'invita davantage à son étreinte.

Ils restèrent ainsi un long moment, l'un contre l'autre. Il faisait presque nuit à présent. Ils se contentaient de s'effleurer mutuellement de leurs doigts moites. Elle avait rejeté sa chemise derrière ses épaules. L'espace d'une seconde, il en avait éprouvé de la gêne – *Mon dieu, que mon corps est vieux pour elle.* Puis il avait oublié, plongeant dans l'éternité juvénile de son désir.

Il n'osa pas la déshabiller, se contentant de suivre les courbures ondoyantes de son corps. Peut-être ne voudrait-elle pas aller plus loin. Pas ce soir. Ni demain, ni même un autre jour. Il était douloureusement écartelé entre le désir fou d'elle et la peur de la perdre. Si la frontière n'était jamais franchie, tout serait comme avant. Ces seuls instants pourraient lui suffire à jamais.

Mais tout avait déjà commencé.

Elle le prit par la main. Il sentit le bracelet d'argent qu'elle portait au poignet effleurer sa paume large. Elle l'entraîna avec elle et il se laissa glisser sur le sofa. À califourchon sur ses genoux, elle chercha son regard dans la pénombre mauve du soleil mourant. Il ne distinguait que les diamants noirs de ses prunelles. Puis ses doigts glissèrent le long des sillons profonds des traits de son visage marqué par le temps. Il ne bougea pas. Le silence était à peine troublé par le bruit de leurs respirations. Loin, très loin d'eux, par la fenêtre entrouverte, la chanson douce de la nuit.

Elle sembla s'étirer. Les muscles de ses cuisses se raidirent sur les siennes. Ses bras s'étendirent. Elle abandonna sa chemise, offrant la silhouette de sa poitrine nue à la sensualité froide de la lune. Il tendit la main pour caresser son ventre, mais ce fut elle qui amena ses doigts à son contact. Son cœur bondit dans sa poitrine lorsqu'il perçut la moiteur veloutée de sa peau. Elle aussi respirait plus vite. Il avait chaud.

Elle se pencha et chuchota.

— J'ai attendu si longtemps… L'éternité sans doute.

Il voulut répondre quelque chose, mais elle posa son index sur ses lèvres. Un sourire se forma sur son visage.

Puis elle l'embrassa. Il sentit qu'elle passait sa main derrière sa nuque. Il avait la tête lourde. Il ferma les yeux. Il n'avait plus la force de les garder ouverts. Les sensations affluèrent. Combien avait-elle de mains pour le caresser ainsi ? Son souffle était court et le seul bruit qu'il entendait réellement encore était celui de ses battements de cœur.

Il la laissa glisser son pantalon sur ses cuisses. Elle s'était redressée à présent puis elle s'était mise à genoux face à lui. Il eut une vague sensation de malaise en comprenant ce qu'elle voulait. La peur était là, animal sournois tapi dans l'obscurité de ses sentiments.

Imperceptiblement, elle avait commencé à faire glisser son slip sur ses hanches. Il n'était pas sûr de vouloir, mais il lui semblait qu'il ne disposait d'aucune possibilité de s'opposer à elle. Toujours la peur. (*Mais qu'est-ce que tu peux bien me trouver ?*). Il sentit qu'il tremblait légèrement. Et soudain, il perçut le contact délicat de sa bouche à l'intérieur de sa cuisse droite. Tout explosa instantanément, mais il parvint à se retenir de l'amener à lui. Il fallait garder le contrôle, absolument. Il ne devait pas la décevoir, l'effrayer ou pire, lui donner le sentiment qu'elle était contrainte d'assouvir le désir qu'elle avait éveillé chez lui. Il n'y avait plus aucun bruit, seulement le galop sourd et intérieur de ses battements de cœur et sa respiration saccadée.

Il ne pouvait pas vraiment dire exactement ce qu'elle lui faisait, ni depuis quand. Il avait depuis longtemps perdu la relative notion de temps et ses yeux clos l'empêchaient de matérialiser son ressenti. Seules demeuraient des émotions brutes, comme des vagues sans fin. Par instant, il ne parvenait plus à respirer, ses poumons lui faisaient mal et il devait se forcer à prendre une courte inspiration pour satisfaire son besoin d'oxygène.

Il sentit qu'il allait arriver à un point de non-retour. Il avait la tête qui tournait, un peu comme l'ivresse du premier verre. Il fallait qu'elle arrête, il ne voulait pas que cela se finisse tout de suite, il avait encore tant à lui donner. Il rassembla sa conscience éparpillée aux quatre coins de son corps. Énorme effort. Pour ne pas se laisser plonger dans le plaisir. Pour revenir, se réapproprier. Ses mains lui obéirent cependant et il lui caressa doucement ses longs cheveux châtains en guise de supplique.

(Arrête, j'ai envie de toi).

Elle se redressa doucement. Elle avait compris. Elle avait tout compris. Elle était reliée à lui, viscéralement. Elle pouvait tout percevoir de lui, elle le lisait et cette idée de symbiose absolue entre eux lui plaisait. Il la serra dans ses bras. C'était évident.

Elle se déshabilla. Lorsqu'elle fut nue à ses côtés, il ne souvenait déjà plus qu'elle avait un jour porté des vêtements.

— Si on allait dans ton lit ? lui souffla-t-elle au creux de l'oreille.

Il la prit dans ses bras, la soulevant avec précautions, œuvre fragile. Enfin, il osa la regarder. Il osa se voir à travers elle. Elle était belle, simplement. Définitivement. Il la posa sur le lit, s'allongea près d'elle. Sa main gauche se posa sur son cou et glissa doucement le long de sa gorge, se perdit un instant dans le creux de son sternum. Elle eut un profond soupir, sa peau était moite.

— J'ai peur, murmura-t-elle.

— Moi aussi.

Cet aveu le libéra. Elle roula sur le dos, rassemblant un coin du drap avec ses doigts, qu'elle rabattit ensuite partiellement sur elle.

— Tu as froid ?

— Un peu.

Il s'avança vers elle, se tourna légèrement sur le côté pour lui épargner son poids, en appui sur ses coudes et ses genoux. Puis il la caressa. Lentement. Elle gémit, s'agrippant à lui, déviant sa main lorsque le plaisir devenait trop intense, cherchant davantage son étreinte, fermant les yeux. Le temps sembla s'arrêter à nouveau ou au contraire, n'était-il plus qu'un flot ininterrompu se déversant sur eux. Il bascula lui aussi dans le rêve cotonneux du désir lorsqu'elle se mit à l'embrasser profondément.

— Viens !

Son appel était impérieux. Il se releva et l'amena à lui avec douceur. Elle était si fragile. Il glissa en elle. Perdit tous ses repères une poignée de secondes. Une éternité. Puis elle devint lionne. De sa sensualité de fauve explosa un rugissement. Elle se raidit puis retomba dans ses bras. Alors, il accepta de s'abandonner à son tour.

L'air était humide. Leurs corps enlacés semblaient avoir débordé, envahissant toute la pièce. Ils étaient l'un contre l'autre. Il avait ramené le drap sur elle pour lui éviter d'avoir froid. Encore sous l'emprise du plaisir, parcourue de frissons, elle reprenait son souffle.

— Je crois que je t'aime, chuchota-t-elle.

— Peut-être…

— C'est une certitude.

Il sourit faiblement et sa main glissa sur sa joue. Puis il la serra contre lui, rabattit le drap sur son corps nu et frissonnant. Ils s'endormirent rapidement.

Elle est piégée maintenant, pour l'éternité, Ganymède. Lui diras-tu la vérité avant qu'il ne soit trop tard ?

Antoine chercha le lapin machinalement. Mais il avait disparu au moment du Passage.

Ganymède, tu t'appelles Ganymède, rappelle-toi.

Il acquiesça.

Je sais, Juliette, j'ai compris.

Il faut que tu continues, ce n'est pas fini.

Chapitre 22

Le panorama apparut d'un seul coup dans son champ de vision. Antoine se retrouva assis sur la terrasse. Il avait les mains moites et sur son front, de fines gouttes de sueur perlaient. Il mit un certain temps à réaliser ce qui s'était passé. Puis il aperçut Anita qui le regardait depuis sa chaise longue. Il se releva. Ses muscles étaient raides, comme s'il avait longtemps couru. Il tira à lui un fauteuil et se laissa tomber sur le coussin.

— Tu vas bien ? demanda-t-elle doucement.

Il se contenta d'acquiescer de la tête.

— Où es-tu allé ?

Il haussa les épaules. La maison dans laquelle s'était déroulée la scène qu'il avait vécue était la sienne, c'était sa seule certitude. Mais la question aurait plutôt dû être : quand ? Et cela, il n'en avait pas la moindre idée. Il y avait cet homme. Il ressentait une identité profonde avec lui. Ses sensations avaient été les siennes. Il était en lui tout à l'heure quand il avait fait l'amour à Marlène. Il avait joui avec lui. Son corps poisseux collait à ses vêtements.

Il déglutit avec difficulté. Il avait chaud, il se sentait faible. Tout s'écroulait. Dans sa tête.

— Ganymède ? interrogea-t-elle encore.

Il la regarda.

— Je m'appelle Antoine, rectifia-t-il.

Non. Il faut que tu l'acceptes. C'est maintenant. Tu n'as plus le choix.

Il laissa échapper un long soupir et prit sa tête dans ses mains.

— Tu dois venir avec moi. Mais ensuite…

— Pour aller où ?

— Voir d'autres choses, comprendre…

— Et ensuite ?

— Il faudra partir.

— Où ?

— Au commencement.

Un bruit de coulissement le fit se retourner. Marlène. Il avait oublié jusqu'à son existence. Elle s'accroupit près de lui. Elle ne sembla pas remarquer Anita. En tout cas, elle ne manifesta aucun signe d'intérêt pour elle.

— Bonjour, murmura-t-elle simplement à sa seule adresse.

Il était troublé par sa présence. Elle s'était donné devant lui dans cette sorte de parenthèse rêveuse d'où il émergeait à peine. Elle avait fait l'amour avec cet homme beaucoup plus vieux qu'elle dans cette maison, dans ce lit où elle avait dormi avec lui cette nuit. De quoi avait-elle conscience ? Quelle était la réalité ? La scène d'amour avec son vieil amant ? Ou ce sommeil partagé avec le quasi inconnu qu'il était pour elle, interrompu par des phénomènes étranges ?

Elle frôla sa main, cherchant quelque chose sur sa poitrine. Son geste n'avait rien de sensuel, mais il fut troublé quand ses doigts glissèrent sur sa chemise. Elle attrapa son téléphone qu'il portait contre son cœur.

— Je veux juste voir l'heure.

Elle pressa la commande pour faire sortir l'appareil de son état de veille. Puis ses yeux s'écarquillèrent et elle vacilla sur ses talons.

— Mon dieu… souffla-t-elle.

— Quoi ?

Il lui prit le téléphone des mains et regarda. A la place de la date et de l'heure, quelque chose clignotait en rouge.

« 88888 »

Elle se releva d'un bond et s'engouffra à l'intérieur.

— Mais, attends !

Il la suivit. Il l'entendit s'enfermer dans la chambre. Au moment où il passa devant la cuisine, il remarqua l'affichage du four qui clignotait.

« 88888 »

Machinalement, il regarda sa montre. Mais elle ne lui indiqua aucune heure. Les aiguilles avaient disparu, les chiffres s'étaient mélangés. Il allait cogner à la porte pour enjoindre Marlène de lui ouvrir lorsqu'il entendit Anita lui crier depuis sa terrasse :

— Il faut continuer Ganymède, c'est le moment ! Tu dois venir avec moi !

De l'autre côté de la porte, il entendit Marlène brièvement sangloter.

— Ouvre-moi.

Mais seul un silence profond lui répondit. Il y eut un cliquetis dans la serrure. Puis la porte s'entrouvrit doucement.

Il la poussa. Il allait l'appeler. Mais aucun son ne sortit de sa gorge.

Ce n'était plus sa chambre. Il était dans l'entrée du refuge ou du moins dans un espace similaire. C'était une sorte de couloir infini avec un alignement de portes ouvertes. Une lumière froidement artificielle éclairait les lieux. Marlène avait disparu. Il hésita à faire un pas. Sa vue était légèrement brouillée, comme s'il regardait à travers de l'eau. Puis une main se posa sur son épaule. Anita.

— Viens, ce n'est pas par là qu'il faut commencer.

— Mais Marlène ?

— Elle n'est pas des nôtres.

— Comment ça ?

— Il y a ceux qui ont une existence et ceux qui n'en ont pas. Elle fait partie de la seconde catégorie. Viens maintenant.

— Où est-ce qu'on va ?

— Voir les nôtres.

— Attendez, dit-il encore. La Zone Grise, qu'est-ce que c'est ?

— C'est encore trop compliqué pour toi, pour le moment.

Son ton était las.

— On prend ta voiture.

Elle le suivit au garage. Ils montèrent dans l'Audi noire. La porte s'ouvrit automatiquement devant eux. Machinalement, Antoine jeta un œil dans le rétroviseur pour vérifier qu'elle se refermait bien après leur passage. Le soleil s'écroulait dans la mer. L'habitacle était plongé dans une pénombre violette.

— Encore la nuit…

— Il n'y a pas de jour, pas de nuit ici. Seulement des expériences. C'est toi qui as choisi ça. Tu te souviens du miroir ?

— Non, ça ne me dit rien.

— Quand tu t'es réveillé nu dans le refuge ? Tu ne te souviens pas ?

Il frissonna, réminiscence du contact du carrelage froid avec sa peau. Comment savait-elle ? L'avait-elle vu ?

— Vous étiez là ?

— Non.

— Comment le savez-vous alors ?

Elle se tut et se tourna sur le côté. Elle se mit à contempler le bas-côté qui défilait. Une voiture les croisa.

— Et eux, ils existent ? dit-il en désignant d'un hochement de tête les passagers du véhicule.

— Les *Autres* ? Oui, ils existent pour eux, dans leur monde de certitude.

— Je suis désolé Anita, tout m'échappe.

— Je sais. Tournez à droite, dit-elle en indiquant une direction avec le doigt.

Ils roulèrent encore quelques centaines de mètres. La route était étroite, deux véhicules n'auraient pu se croiser. Puis Anita fit signe à Antoine de bifurquer dans une entrée. Il engagea la voiture à travers un haut portail en fer forgé et pénétra dans une grande cour gravillonnée déserte. Après une courte hésitation, il se gara finalement sur le côté gauche. Il coupa le contact et attendit. L'air frais de la climatisation s'évapora au profit d'une chaleur lourde. Face à lui, une austère bâtisse de deux étages à la façade grise et aux volets à demi clos.

— Venez, dit Anita en ouvrant la portière.

Il fit quelques pas, gardant la main posée sur la carrosserie. À part le roucoulement des pigeons perchés dans les gouttières, il n'y avait pas un bruit. S'il avait été seul, il aurait fait demi-tour.

— C'est un ancien manoir, dit-elle, comme en guise d'explication.

À la droite du bâtiment, il distingua l'entrée d'un parc paysagé. Des buis taillés en forme d'animaux naïfs semblaient le contempler. L'atmosphère était figée comme une vieille photo.

Il leva la tête. Le volet de l'une des grandes fenêtres du dernier étage était ouvert, à présent. Mais peut-être l'était-il déjà à son arrivée. Il n'en était pas sûr. Derrière des rideaux grisâtres, les contours flous d'une silhouette. Ou simplement son imagination.

Il avait envie de partir. Mais il sentit le bras d'Anita s'arrimer fermement dans le sien. Elle l'entraîna vers une porte cochère.

Les apparences sont trompeuses, chuchota-t-elle au plus profond de lui.

Il sursauta et se raidit. Mais elle ne prêta aucune attention à sa réaction, simplement son emprise se fit-elle plus forte. Puis il lui sembla que le sol devenait une matière moelleuse dans laquelle ses pieds s'enfoncèrent. Il avait l'impression de se déplacer sur un trampoline. Il tomba en arrière. Mais Anita le retint.

N'aie pas peur. Seulement un passage.

Il voulut parler, mais aucun son ne sortit de sa gorge. La cour avait disparu. Tout comme la façade grise du manoir. Il avançait dans une sorte de tunnel immatériel où tout semblait glisser. Ou alors était-ce lui, qui glissait. Les pigeons avaient cessé de roucouler. Il n'y avait rien d'autre qu'un silence opaque autour de lui.

Peu à peu, les choses reprirent leur place. D'abord le bruit de ses propres pas sur le gravier. Ceux d'Anita. Une odeur minérale. Dans l'embrasure de la porte, une femme semblait les attendre. Elle était grande et osseuse. Il lui était difficile de lui donner un âge. Peut-être aux alentours de cinquante ans. Elle portait une longue robe vert pâle au tissu vaporeux dont elle avait enroulé les pans sur ses avant-bras. Ses cheveux noirs étaient rassemblés en d'épaisses tresses nouées en chignon, laissant toutefois quelques mèches ondulées courir le long de ses joues. Elle avait les yeux très noirs, que son teint hâlé accentuait davantage. Elle le regardait avec acuité.

Bienvenue, se contenta-t-elle de dire en baissant les yeux.

Puis elle étreignit Anita avec émotion. Surgie de nulle part, une fillette se glissa entre ses jambes. Elle ne devait pas avoir plus de quatre ans. Elle avait les cheveux blond très pâles et bouclés. Elle jouait avec son pouce, dévisageant Antoine de ses grands yeux limpides avec gravité. Manifestement impressionnée, elle chercha à enfouir son visage dans les plis de la robe de la femme. Elle lui adressa finalement un mince sourire, tournant le tissu dans sa petite main libre. Il le lui rendit. Elle recula un peu plus en rougissant.

— Tu vas abimer ma robe, Thémis, lui dit-elle doucement en se penchant.

La fillette relâcha un peu son étreinte.

— Pourquoi tu ne retournes pas jouer avec les filles ?

— Tu sais maman, Ganymède est venu dans le jardin tout à l'heure.

— Je sais ma chérie. Il est ici maintenant.

— Ah ! fit-elle en baissant les yeux.

La fillette repartit en courant. La femme releva la tête vers eux.

— Je suis content de te revoir, Ganymède, dit-elle en leur faisant signe d'entrer.

Antoine voulut dire quelque chose, mais la femme posa son index sur ses lèvres.

Ils s'engagèrent dans un couloir assez sombre, ponctué de portes fermées. D'appétissantes odeurs de cuisine flottaient dans l'air. Ils entrèrent dans une grande pièce lumineuse. Au centre, et pour tout mobilier, quelques chaises et des canapés en cuir beige étaient adossés les uns aux autres. Quelques convives les occupaient et conversaient entre eux. D'autres étaient assis à califourchon sur les chaises. Personne ne sembla remarquer leur présence.

Les portes vitrées étaient grandes ouvertes et débouchaient sur une terrasse en bois exotique au milieu de laquelle avait été intégrée une piscine rectangulaire, entourée de barrières en acier poli qui servaient à la fois d'enceinte et de balustrade aux quelques personnes qui semblaient contempler le jardin en contrebas. L'impression menaçante de la maison s'était dissipée.

Deux femmes discutaient assises sur le bord de la piscine, leurs escarpins à la main, les jambes barbotant dans l'eau miroitante. Anita entraîna Antoine sur la terrasse. Elle retira ses sandales de cuir, s'assit en repliant sa jupe longue et enfonça ses jambes dans l'eau. Elle poussa un soupir de soulagement en fermant les yeux. Il s'accroupit près d'elle.

— Fais comme moi, cela fait un bien fou ! Avec cette chaleur, on passerait sa vie là-dedans…

— Vous ne m'avez pas emmené ici pour prendre un bain de pieds, n'est-ce pas ?

— Non. Mais profites-en en attendant.

Il mit la main dans l'eau et regarda autour de lui. La plupart des convives avaient retiré leurs vêtements à présent et certains déambulaient nus. Il délaça ses chaussures, retira ses chaussettes et remonta son pantalon jusqu'aux genoux puis plongea ses jambes.

On lui toucha l'épaule. La femme de l'entrée. Elle se pencha pour lui parler.

Je suis tellement contente que tu rentres, Ganymède...

Elle se redressa et s'éloigna.

Je vous connais...

Rappelle-toi de l'orphelinat.

Juliette... dit-il sans comprendre

Elle le regarda une dernière fois avant de tourner les talons.

Il allait parler à Anita, mais il réalisa qu'elle n'était plus là. Il la chercha vainement du regard. Un homme s'assit à côté de lui, deux verres à la main. Il lui en tendit un.

— Champagne, Ganymède !

Son cœur bondit dans sa poitrine. Klavitch. Il ne l'avait pas revu depuis sa disparition mystérieuse, le lendemain matin de son installation dans la maison. Il approcha sa coupe de la sienne et les fit bruyamment se rencontrer. Puis il avala d'une traite le contenu de son verre.

— Bois, ça te donnera du courage.

Klavitch n'avait plus rien d'inquiétant à présent. Au contraire. Il avait quelque chose de pathétique.

Un vieil ami.

— Où est-ce que nous sommes ? demanda Antoine en trempant les lèvres dans sa coupe.

Klavitch le regarda d'un air incrédule.

— Sans rire, tu ne le sais pas ?

— Non.

— Bienvenu au Bal des Monstres, mon frère, dit-il en faisant mine de s'incliner.

— C'est quoi, le Bal des Monstres ?

Klavitch eut un petit rire nerveux.

— Bois je te dis, c'est tout ce qu'il y a à faire.

Finalement, plus personne ne parla. Ils se contentèrent d'enchaîner les verres un à un. Il leur était inutile de se lever pour se faire servir. À mesure qu'ils les terminaient, leurs verres se remplissaient aussitôt.

— Monsieur Klavitch, pourquoi est-ce que… ?

Il ne lui laissa pas le temps d'achever sa question.

— La boucle… C'est la boucle infinie de la Zone Grise. À toi de choisir quand tu veux sortir.

Avec difficulté, il se leva.

— Pour ma part, j'ai assez bu. Sans rancune, hein !

Il faisait complètement nuit à présent. Il était à présent assis au bord de la piscine, à côté d'une jeune femme. Il prit conscience qu'ils étaient nus. Elle le saisit doucement par le bras et lui dit :

— Viens te baigner avec moi.

— On ne se connait pas.

— Quelle importance ?

Elle lui tendit les bras. Antoine se laissa couler dans l'eau tiède. La jeune femme l'enlaça, passant ses jambes autour de sa taille et l'embrassa dans le cou.

Il regarda la jeune femme. Elle lui sourit. Il ne connaissait même pas son prénom. Elle l'étreignit davantage.

Viens, viens avec moi.

Il n'eut qu'un court moment d'hésitation. Il la trouvait belle et elle le désirait, alors pourquoi refuser l'instant ? Il passa sa main derrière sa nuque et l'embrassa à son tour. Oubliant toute inhibition, il laissa ses doigts courir le long de son cou et descendre vers sa poitrine. Elle sentait bon, une odeur de sable et de soleil. Elle l'invita à se caler contre la bordure de la piscine.

Il sentit que les choses lui échappaient, il n'était plus exactement lui-même, comme un calque légèrement déplacé. Mais la sensation n'avait rien de désagréable, alors pourquoi reprendre le contrôle ?

— Où sommes-nous ? demanda-t-il doucement.

— Cela change quelque chose pour toi ?

— Non.

— Alors, cela n'a pas d'importance.

Il ouvrit la bouche pour parler, mais elle lui plaça son index sur les lèvres dans un geste d'appel au silence.

— Profite, simplement.

Son regard s'ancra solidement dans le sien. Ses mains glissèrent sur sa poitrine. Le temps se fragmenta une nouvelle fois.

Il revint brutalement à la surface. Il était toujours dans la piscine, la jeune femme brune dans ses bras. Autour de lui, il percevait la présence indifférente des autres convives et le murmure de leurs conversations. Un peu plus lointain, un léger fond musical rythmé.

— J'ai faim, dit-elle soudainement.

Il allait sortir de l'eau lorsqu'il réalisa alors qu'il était nu. Un sentiment de gêne le gagna.

C'est moi qui choisis. Se rappela-t-il.

L'instant d'après, il était debout sur la terrasse et habillé. Il se tenait près de la jeune femme, à présent vêtue d'une robe rose volantée.

Le dîner s'acheva très tard. La nourriture était servie sous forme d'un buffet. Ils garnirent leurs assiettes et mangèrent l'un à côté de l'autre, assis sur des coussins posés au sol. Ils ne se parlèrent pas, mais elle ne cessa de le regarder. Les convives s'étaient regroupés, peut-être en fonction de leurs affinités. Tout le monde semblait ignorer l'existence de ceux auxquels ils ne parlaient pas. L'ambiance était étrange. Anita n'avait toujours pas réapparu. La femme – *Juliette* - qui les avait accueillis non plus.

— Où sommes-nous, ici ? demanda-t-il à nouveau.

— C'est une question qui te tracasse, apparemment.

— Oui. Mets-toi à ma place.

— J'y suis.

Il regarda avec acuité.

— On est tous logés à la même enseigne ici.

— Sauf que toi, tu sais où tu es. Les autres aussi.

— Non.

— Comment ça, non ?

— Moi non plus je ne sais pas. Pas plus qu'eux là-bas, ou elles, ou lui, dit-elle en désignant d'un hochement de tête des hommes et des femmes attablées.

— Mais alors…

— Alors ici, chacun est dans sa réalité. Il n'y a rien d'autre à comprendre. Il n'y a pas de lieu.

— Il y a bien une adresse… je suis venu en voiture, j'ai donc suivi un itinéraire et donc…

Elle l'interrompit.

— Non, enfin… pas vraiment…. Tu as juste créé cette histoire pour justifier ta venue, ce qui fait que tu es là, ici, maintenant. Tu déplaces le temps, c'est tout. Ensuite, tu habilles ça comme tu veux. Certains ici ne font rien de tout ça. Ils déplacent un espace et évoluent à l'intérieur, sans transition.

— Et la Zone Grise.

— Ah… la Zone Grise…. C'est une sorte d'espace commun.

— C'est là que nous sommes, maintenant ?

— Oui et non. Ça dépend des moments. C'est à toi de voir.

Son visage s'était fermé. Antoine sentit qu'il était inutile de poser d'autres questions. Il avait chaud. Malgré les baies vitrées largement ouvertes, pas un souffle d'air ne parvenait jusqu'à lui.

Puis la musique, jusque-là un insignifiant fond sonore, se fit plus graduellement forte. Une sorte de techno. Parler devint impossible. La jeune femme se leva brutalement et quitta la table. Antoine voulut la suivre, mais il la perdit rapidement de vue. Les lumières avaient été éteintes, remplacées par des néons bleutés. Antoine sentit qu'on lui serrait la main. Anita. Elle s'approcha pour lui parler au creux de l'oreille.

— Venez, il faut rentrer.

Il aurait voulu lui demander pourquoi et surtout pour aller où. Cependant, il ne chercha pas à discuter : à quoi bon, toute tentative de dialogue ici serait une pure perte de temps. Elle le prit fermement par la main et l'entraîna avec elle. Ils s'engagèrent dans un couloir sombre, ponctué de portes ouvertes.

Ferme ton âme.

Dans la semi-pénombre, des ombres aux contours flous s'enlaçaient. Qu'est-ce que tout cela voulait dire ? Il aurait pu continuer dans ses réflexions s'il n'avait été interrompu par un cri de détresse, qu'il confondit d'abord avec un effet sonore de mauvais goût intégré au morceau de musique. Puis, transperçant le rythme sourd des percussions, il y eut une nouvelle plainte déchirante, à la sonorité enfantine : *« Non, laissez-moi ! »* Il s'arrêta net, tirant Anita en arrière. Elle se retourna, ils se regardèrent.

— Quelqu'un appelle à l'aide.

— Oui, j'ai entendu, répondit-elle simplement.

— Il faut y aller.

— Non. Il faut partir.

— Pas question.

Anita lui prit le bras et s'agrippa littéralement à lui. Mais il continua de l'entraîner dans son sillage. Les cris semblaient plus distincts, sans doute la victime s'époumonait-elle, espérant d'ultimes secours. À mesure qu'il avançait, les appels se firent plus proches encore, plus déchirants aussi. Ils explosaient dans sa tête. Antoine avançait lentement, ralenti par Anita qu'il sentait peser de tout son poids sur son bras, tâtonnant dans la quasi-obscurité. Il distingua des silhouettes dans ce qui lui sembla être des sanitaires.

Encore ce cri... Un enfant, un garçon probablement. Brutalement, il sentit Anita le lâcher. À la lueur d'un minuscule néon, il entrevit une scène par une porte entrebâillée. Il se figea. Deux adolescents se tenaient accroupis l'un en face de l'autre. Il ne distingua pas immédiatement ce qu'ils faisaient. Dans la lumière pâle, leur teint était lisse comme de la soie. Ils portaient des vêtements identiques. Ils maintenaient fermement à terre un troisième garçon, beaucoup plus jeune. Celui-ci était face contre terre, à genoux. Il était simplement vêtu d'un tee-shirt. Le reste de ses vêtements était éparpillé dans la pièce. Manifestement, on l'avait contraint à se déshabiller. Dans l'angle opposé, un peu en retrait, Antoine aperçut un quatrième adolescent, qui déboutonnait avec détachement son pantalon.

Pendant une poignée de seconde, Antoine fut incapable de bouger et même de penser, entre effroi et fascination morbide. Débarrassé de son pantalon, le garçon s'avança sans précipitation. Sur son visage lisse et blafard, la seule perspective de la jouissance. Antoine entendit encore l'enfant martyr implorer dans un ultime sanglot puis il se tut. Quelque chose sembla suspendu. Peut-être le temps, s'il existait vraiment. Puis l'un de ceux qui maintenaient le garçonnet lâcha sa prise. Mais il ne profita pas de l'occasion pour se dégager et tenter de s'enfuir, figé dans sa posture obscène.

Il y eut un échange muet, à peine un signe de tête, entre les deux garçons et Antoine comprit que « le tour » du suivant était arrivé. La scène se répéta avec la même froideur cruelle. La victime paraissait s'être résignée, passive, se contentant de lutter pour ne pas tomber sous les assauts du bassin de son agresseur.

Puis l'adolescent remonta son pantalon. La petite victime se mit à sangloter doucement et se laissa tomber sur le côté. Le garçon qui le tenait encore le lâcha. Puis il ramassa un par un les vêtements éparpillés et les lui tendit sans le regarder. Éprouvait-il des remords ? Avait-il été lui aussi victime ?

Ignorant complètement la scène, les deux agresseurs se rapprochèrent. Malgré le manque de lumière, Antoine devina qu'ils se regardaient avec convoitise. Leurs mains se croisèrent, chacune explorant avec une écœurante sensualité le corps de l'autre. Puis ils se déshabillèrent mutuellement. Une fois nus, ils s'embrassèrent fiévreusement.

Celui qui se trouvait en face de la porte entrouverte porta son regard en direction d'Antoine. Il ne pouvait que le deviner, mais il avait perçu sa présence, dans la pénombre. Il sentit qu'il le regardait intensément. Il fit un léger signe de tête à son compagnon, qu'il tenait toujours contre lui, comme pour lui dire « Regarde ». L'autre se retourna et le détailla avec la même acuité.

— *Et bien quoi ? Tu n'en es pas mort,* dit l'un d'eux.

L'autre éclata de rire.

Leurs voix résonnèrent directement dans sa tête, isolées du vacarme musical. Il sentit son estomac se retourner.

— *Allez, sans rancune !* Reprit-il.

Il sursauta. La main d'Anita s'était posée sur sa taille.

— *Sortons,* dit-elle.

— *Mais le petit garçon…*

— *C'est toi, ce petit garçon.*

Il fut incapable de nourrir la moindre pensée à cette idée. Il lui fallait se raccrocher aux choses tangibles. Sinon il deviendrait fou. Il était là, maintenant. C'était sa réalité. Et peu importe si elle n'avait pas d'existence. Il se retourna. Il entendit encore l'un des garçons lui dire quelque chose, mais il n'en comprit pas le sens. Il fuyait à présent, simplement. Les couloirs n'étaient plus qu'une succession d'espaces aux contours étroits et étouffants. Il frôla des corps, se fraya un passage au milieu d'ombres fantomatiques. Rien ne lui était familier : il ne devait pas être passé par cet endroit lors de son arrivée. Sortir lui parut infiniment long. Ces couloirs étaient un labyrinthe interminable. Soudain, il heurta quelqu'un. Malgré la pénombre, les regards se croisèrent. Un homme aux cheveux gris tenait dans ses bras une jeune femme. Elle lâcha son amant et recula derrière lui. Avant qu'elle ne s'enfonce définitivement dans l'obscurité, un éclair traversa ses pensées.

Marlène.

Il ne s'arrêta pas cependant, tout juste avait-il ralenti. Et enfin, devant lui, comme inespérée, une porte ouverte sur l'extérieur.

Il était en sueur, le corps luisant. Il réalisa qu'il ne portait pour tout vêtement que son slip. Pour la première fois, il en éprouva de la honte. Il imagina le regard qu'Anita devait porter sur lui. Il n'osa pas se tourner vers elle.

— J'ai tes clés, dit-elle simplement.

Pendant une fraction de seconde, il eut envie de rire. Un rire nerveux. Il ne voulait pas savoir comment elle avait pu les obtenir, si elle y avait simplement pensé et qu'elle les avait cherchées dans ses vêtements. Il n'avait pas la moindre idée où étaient ces derniers, il n'avait tout simplement pas le souvenir de les avoir jamais enlevés. Il s'était retrouvé nu dans la piscine avec cette jeune fille qu'il ne connaissait pas. Il n'avait pas revu Anita de la soirée et elle tout naturellement, elle lui annonçait à présent qu'elle avait ses clés…

— Tu ne vis pas les détails, Ganymède, juste ce qui t'intéresse. Mais tout se déroule avec cohérence, dans l'ordre, dit-elle en réponse à ses pensées. Tes vêtements sont dans le coffre, dans le sac blanc.

Il ne dit rien. Il n'avait plus aucun mot pour exprimer ce qu'il ressentait. Basculait-il dans la folie ? Probablement. Il s'effondra littéralement sur le capot de la voiture. Le contact du métal tiède le rassura. Son corps existait bien. Il restait tout de même des choses tangibles.

— Monte, je vais conduire.

Elle prit Antoine par les épaules, le poussa doucement jusqu'à la portière du passager avant, comme elle l'aurait fait avec un enfant. Il se laissa tomber lourdement sur le siège et boucla sa ceinture machinalement, les yeux dans le vague. Anita monta à son tour et mit le contact.

— Je suis désolée, dit-elle doucement.

— Je sais…

Au bout de quelques kilomètres, sentant la nausée le gagner, il dit d'une voix blanche :

— Arrêtez-vous, je ne me sens pas très bien.

Anita ralentit et se gara sur le bas-côté. Il ouvrit la portière, eut un hoquet sonore, mais ne vomit pas. L'air frais lui fit du bien. Il se sentait libéré de l'atmosphère toxique des lieux. Ils roulèrent encore quelques kilomètres.

— Déposez-moi ici, j'ai besoin de marcher un peu.

— On va marcher tous les deux.

Il ne répondit pas. Sa tête lui sembla soudainement lourde. Ses pensées s'échappèrent et il sentit qu'il fermait les yeux. Sa nuque bascula contre l'appui-tête. Il n'avait plus le moindre contrôle. Il n'avait pas envie de dormir, mais il ne parvenait pas à ouvrir ses paupières. Il sentit que ses pensées commençaient à s'étioler. Quelque chose abolissait sa volonté, comme dans le miroir ... Il devait lutter, résister. Le combat était rude. Se raccrocher à quelque chose, à tout prix. Mais rien ne vint. Un court instant, au prix d'un effort considérable, il parvint à entrouvrir ses paupières. Il capta la lueur pâle du lampadaire sous lequel la voiture s'était arrêtée. Il ne fallait pas dormir, il fallait résister, encore et encore.

La lutte était de plus en plus difficile. Ses pensées dérivaient à nouveau. Il ne percevait plus aucun bruit autour de lui. Malgré tout, il résistait encore de toutes ses forces et il sentit nettement qu'on lui prenait la main. Le peu de conscience qu'il lui restait s'engouffra dans cette brèche et il se mit à entendre des voix autour de lui. Mais il ne pouvait pas ouvrir les yeux, ni parler, encore moins à esquisser un geste. Une dernière pensée s'échappa de lui.

Au secours.

Tout bascula.

Chapitre 23

Thémis aperçut d'abord une trouée jaune. Puis elle se sentit vaciller. Par réflexe, elle tendit les mains pour se rattraper. Elle prit conscience qu'elle avait à nouveau un corps physique et elle sentit ses pieds entrer en contact avec le sol. Puis son champ de vision s'élargit. Elle voyait.

Quelqu'un pressa la sonnette de l'entrée. Derrière le verre fumé de la porte vitrée, on distinguait deux silhouettes sombres.

— Madame, ouvrez, ce sont les pompiers.

Elle était adossée à un mur. Quelque chose lui faisait mal dans le creux du dos. Elle se retourna. Elle était appuyée contre la poignée d'un tiroir. Elle s'accroupit puis s'assit par terre. Elle n'était pas spécialement fatiguée, mais elle avait besoin de réfléchir.

Nouveau coup de sonnette, prolongé. Puis des voix.

— Madame, avez-vous besoin d'aide ? Interrogea un homme à travers la porte.

— Vous êtes certaine qu'elle n'a pas pu partir en vacances ? Demanda quelqu'un d'autre.

— Non, non, elle est enseignante, dans un collège pas loin, répondit une voix chevrotante de femme.

— Elle a pu partir chez des amis.

— Sa voiture est ici. Cela fait quatre jours qu'elle n'a pas bougé et les volets sont fermés

Je suis dans le refuge, pensa-t-elle en regardant autour d'elle.

Il y eut une autre voix, derrière, qui se rapprocha.

— *Je viens d'appeler l'établissement. Effectivement, personne ne sait où elle est. Elle n'a pas prévenu de son absence.*

— *OK. On y va alors.*

Rien n'avait changé depuis son dernier passage. Il lui était impossible de dire si cela faisait longtemps ou non. Cette notion n'avait pas cours ici. Elle s'aperçut qu'elle avait faim.

— *Il y eut un cliquetis dans la serrure et quelques légers craquements, témoignant de l'activité d'un appareil électronique.*

— *Parfait, c'est une sécurité simple, se félicita la voix masculine en poussant la porte. Quand on peut éviter de tout démolir…*

D'abord, manger. Ensuite, on avisera.

— *C'est bien ce que je craignais, dit-il encore.*

Elle se leva et se dirigea vers la réserve. La porte résista un peu puis s'ouvrit en grinçant. La pièce était sombre, elle alluma la lumière. Les rayonnages en acier de l'épicerie étaient remplis. Elle repéra toutefois un espace vide entre deux conserves. Quelqu'un était venu, dans son propre espace-temps. Elle sourit un peu. Quel qu'il fût, elle pensa à son désarroi, qu'elle imagina identique au sien et cela la réconforta considérablement.

— *Il n'y a plus rien à faire.*

— *On appelle la gendarmerie, je suppose ? dit quelqu'un d'autre.*

— *Oui, et qu'ils viennent avec un légiste.*

Après un rapide coup d'œil de l'étendue des possibilités, elle hésita entre deux plats, un bœuf bourguignon et du poulet basquaise. Finalement, elle se dirigea vers les congélateurs et porta son choix sur une pizza aux trois fromages. En revanche, elle ne prit pas de dessert, sans doute n'aurait-elle plus faim après la pizza. Elle allait ressortir lorsqu'elle s'aperçut qu'elle n'avait pas emporté d'eau. Elle se dirigea vers les réfrigérateurs et choisit une petite bouteille en plastique d'une contenance de 50 cl. Un soda au cola lui fit envie, mais elle résista à la tentation. Elle craignait d'avoir soif. Elle posa son repas sur une tablette qu'elle déplia du mur. Puis elle appliqua sa main sur le sol et un siège rond posé sur un pied en acier se déploya doucement à travers le carrelage. Elle ouvrit un tiroir juste en face d'elle et attrapa un kit emballé sous cellophane, comprenant une assiette en carton épais, des couverts en bois, un gobelet blanc dans une matière qui rappelait le plastique et une serviette en papier. Elle prépara son couvert. Enfin, elle ouvrit l'emballage de la pizza et la posa sur son assiette. Une poignée de secondes plus tard, elle était fumante et le fromage dégoulinait un peu le long des bords. Cela se mit à sentir bon. Elle saliva.

D'autres voix se mélangèrent. Ce qu'ils disaient n'était pas audible.

— Elle est décédée, reprit l'homme.

Elle mangea dans le plus grand silence. Une certaine sérénité l'habitait à présent. Elle ne pouvait pas lutter contre le cours des choses. Elle avait cru pouvoir le faire pendant tout ce temps, loin de l'autre côté de la Zone Grise. Il lui avait fallu une discipline de fer pour y parvenir, une vigilance de tous les instants. Elle avait tenu bon, elle avait presque fini par oublier et par instant, elle y avait vraiment cru. Mais imperceptiblement, elle s'était usée à force. Et cela lui avait littéralement sauté à la figure. Avec le recul, elle réalisait que le prix payé était bien au dessus de ses moyens. D'autant qu'à présent, elle se sentait libérée d'un poids considérable.

— *Qu'est-ce qui a bien pu lui arriver ? dit une voix encore juvénile qui se détacha du brouhaha.*

Elle mâcha lentement chaque bouchée. Elle ne se souvenait pas avoir autant savouré quelque chose. Elle se sentait en paix avec elle-même. Elle but une grande goulée d'eau fraîche. Puis elle se leva. Elle rassembla les reliefs de son repas et introduisit le tout dans une sorte de vide-ordure caché dans un tiroir. Il y eut un léger ronronnement lorsqu'elle repoussa la poignée. Au bout de quelques secondes, tout redevint silencieux. Elle regarda vers une porte fermée, au fond de la pièce.

— *Probablement un suicide.*

Allez, il est temps, dit-elle en guise d'encouragement.

— *C'est mon premier décès.*

— *Pas simple, je sais. Mais tu verras, on s'y fait.*

Mais elle n'avait pas vraiment peur. Simplement, il faudrait renoncer à une vie et à des pensées d'adulte.

———

Il ne vit ni entendit ce qui se passa juste avant. Il réalisa lorsqu'il roula sur le sol. Pendant quelques minutes, il resta inerte, incapable de bouger. Puis Ganymède releva péniblement la tête. Les herbes hautes entravaient sa vue. Il était allongé sur le dos. Il fallait qu'il se retourne. Il pourrait peut-être ramper.

Collé à sa peau, une sensation de danger.

Quelque chose bougea.

Il se figea. Il était là.

Qui, il n'en savait rien. La question était plutôt de savoir comment il allait lui échapper. Son pied gauche n'était qu'une branche morte douloureuse et il sentait un liquide chaud dégouliner le long de son talon. Le bas de son dos lui faisait mal. Mais le pire était son bras droit. Peut-être était-ce parce qu'il pouvait voir la nature de sa blessure. Son poignet était cassé : à la jointure de l'articulation, des débris osseux saillaient hors de sa peau déchirée de part en part. Il comprit qu'il était grièvement blessé. Pendant une poignée de secondes, il resta sans forces, brisé de découragement et de souffrance.

Mais il fallait fuir. Sa respiration devint plus rapide. C'était sans doute cela, l'instinct de survie. Il bascula sur le ventre en gémissant. Pendant quelques secondes, il ne bougea plus, le visage enfoui dans les trèfles. Il avait mal. Avec difficulté, il se dressa sur ses coudes. Il ne voyait toujours rien d'autre que de la végétation. Il avait froid.

Il commença à ramper. Mais il ne parvint qu'à se trainer sur quelques centimètres. La douleur était trop intense. Son corps entier souffrait. Il n'avait pas imaginé que cela puisse faire aussi mal.

Partout.

Il ne pouvait pas voir son poursuivant. Pas encore. Cela signifiait que ce dernier ne savait pas non plus où il se trouvait. Ses blessures ne lui laissaient toutefois aucune chance de lui échapper.

Tôt ou tard.

(Enfin, nous allons en finir)

Il se rapprochait. A présent, il l'entendait respirer. Peut-être n'était-ce que dans sa tête. Il percevait aussi son impatience. L'excitation de l'aboutissement. La douleur était à son paroxysme. Il n'avait même pas la force de gémir ou de pleurer. Tout juste celle de se résigner.

(Je ne voulais pas te faire souffrir.)

Mais quelque chose en lui refusa. Il ferma les yeux. Peut-être n'y parviendrait-il pas. Peut-être perdrait-il simplement connaissance. Malgré le néant pourpre de ses paupières, tout commença à bouger autour de lui.

Je vais venir te chercher.

Le manège.

J'y suis.

Sa volonté s'arrima fermement à sa pensée.

Zone Grise.

Tout bascula. La douleur se désintégra dans l'inconscience.

(Tu ne vas pas pouvoir continuer, quoi que tu fasses.)

———

Antoine sursauta. Il était dans la voiture. La lumière jaunâtre du lampadaire sous lequel il était stationné éclairait partiellement l'habitacle. Il était en sueur. Il regarda ses mains. Elles étaient intactes. Et il ne ressentait pas la moindre douleur.

— Ce sont des rêves, c'est tout… Rien n'est réel. Ce n'est pas moi.

Anita ne répondit pas. Puis elle lui tendit un sac.

— Rhabille-toi.

Il prit conscience qu'il était ne portait pas d'autres vêtements que son slip.

— Je passe, dit-il simplement.

Il cligna des yeux. L'instant d'après, il était habillé.

Chapitre 24

Thémis prit une grande inspiration. Elle n'avait pas peur, mais ressentait une forme de trac. Elle ouvrit la porte et pénétra dans ce qui ressemblait à une salle de bain. L'éclairage était faible.

— J'ai besoin d'un peu plus de lumière, dit-elle calmement.

Les néons brillèrent avec davantage d'intensité.

D'abord, se préparer.

Elle examina la façade percée de tiroirs sur sa droite. Elle appliqua son pouce sur l'un d'entre eux, situé à sa hauteur. Un écran à cristaux liquide apparut, puis un clavier virtuel se dessina.

— Mot de passe ? Interrogea le logiciel en lettres blanches sur fond bleu.

Elle tapa quatre chiffres.

2.0.3.1

— Bienvenue, Thémis, afficha l'écran.

Puis le tiroir s'ouvrit sans bruit.

Elle sortit une petite trousse munie d'une fermeture éclair, une grande serviette en coton épais de couleur noire, deux sacs en tissu comportant des inscriptions, une paire de sandales de piscine en plastique blanc et une sorte de pyjama violet. Puis elle retira ses chaussures et ses chaussettes et les introduisit dans le premier sac. Elle poussa ensuite la porte vitrée de la douche et entra.

Elle commença par poser ses affaires sur un petit banc, protégé des éclaboussures par une demi-paroi vitrée. Puis elle se déshabilla complètement. Elle ouvrit la petite trousse et prit les deux flacons qui se trouvaient à l'intérieur. Le premier était destiné à se laver les cheveux. L'autre, le reste du corps. Elle passa de l'autre côté de la paroi vitrée. Avant d'ouvrir le robinet, elle contempla le mur.

— Miroir.

Son corps nu lui apparut dans le reflet. Elle fit une petite moue d'insatisfaction en détaillant les courbes de ses hanches. Elle trouva qu'elle avait un peu épaissi. Elle n'était pas très grande, il lui faudrait faire un peu attention dorénavant. Elle sourit. Elle y avait cru. Mais ce corps n'était pas le sien.

Elle sélectionna la température de l'eau sur l'écran tactile intégré dans le mur. 34 degrés. Puis elle tourna le robinet. Une pluie dense s'écoula du plafond tout entier. Cela lui fit un bien immédiat. Ce moment faisait partie des instants agréables de la chose. Elle profita de la sensation quelques minutes sans rien faire. Puis elle se lava les cheveux et se savonna méthodiquement toutes les parties du corps. Une odeur de désinfectant se répandit dans l'atmosphère chaude de la cabine. Elle la respira profondément. Elle était bien.

La mousse coula le long de son corps et s'échappa par l'orifice d'évacuation. Puis l'eau redevint limpide. Thémis ferma les yeux. Elle attendit un peu avant de sortir. Elle aurait pu rester là indéfiniment. Elle retourna de l'autre côté de la paroi. La pluie tiède s'arrêta instantanément. Elle n'avait pas froid. Automatiquement, la température de la cabine s'était élevée pendant qu'elle se douchait. Elle apprécia la chaleur du carrelage sous ses pieds. Elle se sécha soigneusement puis enfila la tunique et le pantalon violet et chaussa les sandales.

Ses cheveux étaient encore humides, mais elle n'éprouva pas l'envie de les sécher entièrement et se contenta de les rejeter en arrière.

Elle rassembla ses affaires : dans le sac où elle avait déposé ses chaussures, elle introduisit le reste de ses vêtements et les flacons de désinfectants vides. Dans l'autre, elle mit les serviettes et le tapis de bain mouillés. Le premier portait la mention « destruction » et elle le poussa à travers une trappe pivotante intégrée dans le mur. Puis elle quitta la cabine avec le second sac et le posa dans un tiroir mural. Elle sélectionna les instructions de lavage qui s'affichèrent en façade et se dirigea vers une porte, à l'extrémité opposée à l'entrée. Elle ne garda avec elle que la trousse qu'elle glissa soigneusement dans la poche de poitrine de sa tunique.

Elle tira la poignée vers elle. La porte était épaisse, pourvue d'un large joint d'isolation et elle s'ouvrit dans un souffle témoignant du passage d'une atmosphère à une autre. Elle entra dans le local. L'espace était étroit, occupé par des sortes d'armoires à la porte vitrée où circulait une brume blanche. Il y avait peu de lumière, des minuscules ampoules LED balisaient un chemin au sol, mais l'essentiel de la luminosité provenait de l'éclairage des congélateurs. Elle entendit la porte se verrouiller derrière elle.

— Lumière, dit-elle.

La pièce s'éclaira.

Thémis avança.

— C'est toujours le numéro 3 ? demanda-t-elle à un interlocuteur invisible

Sur la porte du congélateur, un point bleu se mit à clignoter avec intensité.

— Alors, on y va, dit-elle avec satisfaction.

Elle se pencha. Au pied de l'armoire vitrée, elle tira sur une petite poignée. Un tiroir coulissa. Elle en sortit une paire de gants en maille grise et les enfila. Sur la main droite, elle constata avec agacement que son index flottait un peu dans le tissu.

— Ça, ça ne devrait pas arriver, soupira-t-elle.

Quelqu'un n'a pas bien fait son travail…

Elle examina le contenu du congélateur à travers la porte. Elle chassa la brume qui contrariait sa vision en actionnant une commande sur le pavé tactile en façade. L'espace était divisé par des clayettes horizontales, séparées les unes des autres d'une vingtaine de centimètres. Sur chacune, des rangées de petits cylindres d'aciers maintenus verticalement dans des supports. En face de chaque rangée, une indication du contenu.

Alors… dit-elle pensivement, où est-ce que j'ai pris ça, déjà… Type caucasien, peau claire, yeux verts, petite taille, sexe féminin, cheveux châtains… non, ce n'est pas ça. Type noir, peau noire, non…

Elle lista mentalement toutes les combinaisons. Aucune ne semblait correspondre. Elle recommença. À la seconde lecture, elle eut une exclamation victorieuse pour elle-même.

Type caucasien, peau claire, yeux bleus, taille moyenne, corpulence moyenne, sexe féminin, cheveux châtains. C'est bien ça.

Elle sortit la petite trousse de sa poche et l'ouvrit. Elle en extirpa un long et épais coton-tige protégé d'une gaine en plastique transparent qu'elle ôta. Elle l'introduisit dans sa bouche et frotta longuement la face interne de ses joues. Elle eut une grimace de dégoût. La texture de la tige était vraiment déplaisante, sans compter l'amertume.

Beurk…

Elle replaça le capuchon et brisa l'extrémité du bâtonnet qu'elle fourra rapidement dans sa poche. Puis elle tapa à nouveau son code personnel sur l'écran. Il y eut un chuintement. Elle tira la poignée et ouvrit le congélateur. Une brume blanche s'échappa. Ses mains tremblaient un peu. Elle prit le petit tube en acier dans la rangée comportant les indications qui lui correspondaient. Les gants la protégeaient des brûlures, mais elle sentait nettement le froid au bout de ses doigts.

Le tube était clos par une membrane transparente. Il était vide. Elle ôta à nouveau le capuchon de plastique et engagea sans difficulté la tige à travers la membrane. Elle sembla aspirée à l'intérieur du cylindre. Enfin, elle replaça le tube sur son support et referma la porte.

Fin de l'histoire, pensa-t-elle avec un peu de nostalgie.

Elle retourna sur ses pas. La porte s'était automatiquement verrouillée derrière elle et il n'y avait pas de poignée pour la rouvrir. Sur le côté gauche du mur, un écran s'illumina.

— Mot de passe ?

Avec difficulté, elle tapa son code. Elle se dû se dresser sur la plante des pieds pour atteindre le clavier virtuel. Ses doigts effleurèrent à peine la surface de l'écran.

8.8.8.8.8

Il y eut un cliquetis métallique dans la porte et elle s'ouvrit lentement. Thémis avait à présent de longs cheveux blonds, presque blancs. Elle ne portait plus la casaque violette qu'elle avait en entrant mais une petite robe avec la caricature d'un chat souriant sur le torse. Thémis avait cinq ans. Aujourd'hui. Pour toujours peut-être.

Elle cligna des yeux. Elle avait les paupières mouillées. Elle se sentait seule. Elle quitta la salle de bain en reniflant. Elle aurait bien aimé avoir un câlin, que quelqu'un la serre dans ses bras. Un vieux souvenir qui ne lui appartenait pas lui donnait envie de sa maman. Mais elle n'avait pas de maman et pour autant qu'elle le sache, elle n'avait pas la moindre idée de ce dont il pouvait s'agir.

Elle erra un moment dans la pièce où elle avait mangé. Elle avait sommeil, mais elle n'avait pas la volonté pour accepter d'y céder. Pas maintenant. Elle s'ennuyait. Elle se mit à pleurer.

Un tiroir s'ouvrit juste en face d'elle.

Ours en peluche disponible, réconfort, chuchota une voix artificielle sur un ton affectueux.

Elle le prit et le serra contre elle. Il sentait bon. Une odeur un peu sucrée. En traînant les pieds, sanglotant doucement, elle se dirigea vers une porte ouverte. Elle entra dans un grand dortoir et se laissa tomber sur la première couchette.

Thémis se sentit perdue, définitivement seule. Elle allait à nouveau céder au désespoir et se remettre à pleurer lorsqu'elle pensa à lui. Il était venu dans son espace-temps. Il pouvait donc revenir. Cette idée la réconforta considérablement. Elle s'enroula dans la couverture, le pouce dans la bouche, l'ours serré contre elle et s'endormit aussitôt.

Elle n'était plus seule.

Elle se réveilla quelques heures plus tard. Elle n'était pas de meilleure humeur. Tout juste un peu plus reposée. Mais la solitude était toujours là, cruelle et assourdissante.

Elle aurait aimé qu'il y ait d'autres enfants. Cela aurait pu être le cas. Elle en avait déjà vu, elle avait même pu leur parler, partager leurs jeux. Des enfants comme elle, passagers du temps. Mais ils ne pouvaient que se croiser. Certains avaient la chance d'être à plusieurs dans le même espace temporel. Elle était seule. Et ce n'était pas juste, non vraiment pas juste. Elle se remit à pleurer.

Elle pouvait retourner chercher une autre tige à bébé. Elle savait comment faire. Il lui suffisait de choisir à quoi elle voulait ressembler. Et elle irait naître à une époque. Il lui suffisait de choisir des chiffres. Pendant un certain temps, elle vivrait avec la conscience de qui elle était et d'où elle venait. Elle vivrait au milieu des *Autres*. Elle serait toujours seule, mais ce serait différent. Elle venait de vivre 27 ans au milieu d'eux, ce qui, en soit, ne représentait rien pour elle. Mais tôt ou tard, il faudrait partir et revenir ici. Là-bas, elle n'avait aucune existence réelle. Elle était parvenue à faire semblant et elle y avait cru. La chute avait été d'autant plus dure.

Toujours recommencer...

Elle roula sur le dos. Elle en avait assez. Elle voulait une crème au chocolat. Cela adoucirait un peu sa frustration. Elle ne savait pas quoi faire d'autre. Parce qu'il n'y avait rien à faire.

———

Ganymède roula sur le dos. Le sol était froid et dur. Il resta quelques instants, haletant, paralysé par la douleur.

Je suis en sécurité ici.

Il tenta de se redresser, mais il ne parvint même pas à lever la jambe de quelques centimètres. Quelques gouttes de sang dégoulinèrent de sa chaussure et s'écrasèrent sur le carrelage.

— Sang artériel. Blessé grave. Intervention, dit une voix synthétique.

— Pour annuler, dites « stop », reprit-elle.

Il regarda le plafond. La lumière lui paraissait plus intense. Il avait froid. Mais il ne sentait plus la dureté du sol. Il était à présent enveloppé dans une sorte de matelas qui épousait la forme de son corps. Ses doigts s'enfoncèrent dans une matière molle, mais dense.

— Constantes biologiques anormales, indiqua la voix sans émotion.

— Merci de ne pas bouger, poursuit-elle.

Un trait rouge le parcourut entièrement.

Sur sa gauche, il aperçut un écran où se déroulaient des informations, mais il ne pouvait pas les lire de là où il se trouvait. Certaines lignes clignotaient en rouge.

Niveau de douleur ? Exprimez de 1 à 10, 10 étant la douleur maximale.

10, se contenta-t-il de penser.

Analgésie en cours.

Il attendit la sensation piquante de l'injection, mais il n'y eut rien. Juste que la douleur cessa de l'obnubiler, comme si elle se diluait. Puis elle disparut. Il tenta de se redresser. Il regarda ses mains. Elles étaient épaisses et calleuses, sa peau ridée. Quel âge avait-il ?

Je ne suis pas dans mon corps.

Le souvenir des hautes herbes et des coups de feu revint.

Klavitch…

Je suis à nouveau dans la Zone Grise.

Il allait être soigné maintenant. Quand il reviendrait à lui, il serait à nouveau un petit garçon.

Mais pour faire quoi ?

Il était seul. Il pouvait juste déambuler à l'infini dans les couloirs du temps. Et parfois se donner l'illusion de vivre.

Vivre.

Il se mit à rire doucement. Cela n'avait aucune signification.

Il avait pourtant presque réussi… Il avait existé, dans la peau d'Antoine, à cheval entre Zone Grise et le monde des *Autres*. Il avait même éprouvé des sentiments. L'envie. La joie. L'excitation. L'amour. Marlène. Ah oui, Marlène. Avait-elle existé ? Oui. Elle existait. Elle avait été capable de survivre au Passage.

Normalement, c'est impossible.

Tu as tout inventé. Tout, se persuada-t-il.

Les Autres sont d'anciennes émanations de Nous. Ils ont disparu depuis longtemps. Ils sont comme les étoiles : morts depuis des milliers d'années et pourtant toujours visibles. Nous sommes seuls.

Il eut les larmes aux yeux. Il n'avait pas envie de continuer. Qu'est-ce que cela ferait, de tout arrêter ?

— Stop, dit-il à l'adresse de la voix synthétique.

Il n'écouta pas le message l'enjoignant de changer d'avis. Il se retrouva à nouveau sur le carrelage. Il frissonna. Combien de temps mettrait-il à mourir ? La perspective de la souffrance lui fit peur. Bien plus que celle de lâcher prise vers l'inconnu.

Je veux dormir. Pour toujours.

Cette fois, il éprouva une sensation de chaleur au creux de son épaule.

Ça y est, j'y suis…

Il se sentit partir peu à peu, à mesure que la substance qui avait traversé sa peau se diffusait dans son corps. Les bruits s'estompèrent autour de lui et son champ de vision se rétrécit. Puis un voile noir tomba devant ses yeux. Il n'entendit pas la porte claquer. Il avait fermé les yeux lorsqu'elle se pencha sur lui. C'était une jeune femme d'environ 25 ans. Grande. Les cheveux longs et ondulés.

Elle le prit dans ses bras et cria au secours. Elle parut surprise quand une voix synthétique lui répondit. Plus encore lorsqu'une membrane émergeant du sol enveloppa le corps de l'homme qu'elle agrippait contre sa poitrine et qui l'obligea à lâcher prise. Elle se calma. Juste en face d'elle, sur un écran virtuel, des informations défilèrent. Elle comprit qu'il ne lui restait que quelques secondes de conscience.

Dire quelque chose. Vite.

Maintenant.

Rien ne peut s'arrêter, lui glissa-t-elle au creux de l'oreille.

Puis encore.

Continue. Avec moi.

Ce fut la dernière chose qu'il entendit.

Il fit un choix. Ultime.

Épilogue

Il n'y avait aucun bruit. Ce n'était pas non plus le silence. Il y aurait fallu pour cela qu'il existât une définition de l'un ou de l'autre. Tout lui semblait aller très vite. Pourtant, il n'avait aucune notion de ce que pouvait être le mouvement. Quelque chose défilait peut-être. Ici, cette chose n'avait pas de nom. Dans l'autre monde, cela aurait pu s'appeler le temps.

Il lui était impossible de décrire son environnement. Il n'y avait rien autour de lui. Pas de couleur. Pas de forme. Il était seul. Il n'éprouvait pas la moindre émotion à cette idée. Elle était juste un constat, sans doute l'unique à sa portée. Il n'aurait pas pu dire qu'il était incapable de ressentir quoi que ce soit. Il était. Simplement et rien d'autre.

Il était partout et nulle part à la fois. Il était l'espace. Il n'y avait pas de haut et de bas, ni de dessous ou dessus. Il se trouvait dans un stade étrange, limité et illimité. Il n'y avait aucune contradiction à cet état de fait. Il chercha à modifier son point de vue. C'était pourtant illusoire. Il ne disposait d'aucun corps physique pour le faire. Les réflexes étaient déjà présents. Ou n'avaient-ils jamais disparu. Il éprouva ce qui aurait pu se matérialiser par un sourire s'il avait eu un visage.

Le peu de lui-même s'étiola. Il ne fut plus rien ensuite. Au commencement du commencement, il en allait toujours ainsi.